非洲民间故事
老人的智慧

肖辰 编

中国纺织出版社有限公司

内 容 提 要

非洲，一块广阔的土地，不仅充满地理大观，还有着悠久丰富的人类活动史。这里曾出现过庞大的王国，也潜藏着充满独特习俗与风情的部族。非洲人民的美丽幻想通过民间故事的形式代代流传，丰富了人类的文化宝库。

本书精选了 37 个发生在非洲大陆上的民间传说故事。它们经由口耳相传，在传播过程中被不断赋予教育和启迪智慧的作用，具有扎根于非洲独特地域特色和民族风情的巧妙构思和省人寓意，令人读来思绪万千，仿佛跟随故事中的人物探索了这片热土。

图书在版编目（CIP）数据

非洲民间故事：老人的智慧 / 肖辰编 . -- 北京：中国纺织出版社有限公司，2025. 5. -- ISBN 978-7-5229-2742-8

Ⅰ. I407.3

中国国家版本馆 CIP 数据核字第 2025BG6570 号

责任编辑：林 启　　责任校对：高 涵　　责任印制：储志伟

中国纺织出版社有限公司出版发行

地址：北京市朝阳区百子湾东里 A407 号楼　邮政编码：100124

销售电话：010—67004422　传真：010—87155801

http://www.c-textilep.com

中国纺织出版社天猫旗舰店

官方微博 http://weibo.com/2119887771

鸿鹄（唐山）印务有限公司印刷　各地新华书店经销

2025 年 5 月第 1 版第 1 次印刷

开本：710 × 1000　1/16　印张：13

字数：130 千字　定价：33.80 元

阅读指导

非洲是一块神奇的、辽阔的陆地，由北端的地中海沿岸开始，一直跨过赤道、南回归线，再向南延伸。既有潮湿的热带雨林，亦有干燥的撒哈拉大沙漠。

人类最早的祖先就生活在这里。至今，人类在非洲已经生存了很多年。这片土地上出现过很多独特的部族，也曾出现庞大的王国，如贝宁王国。因此，非洲的不同地区和国家之间差异性尤为显著。

除埃及外，非洲绝大多数地区文字出现得比较晚，很多故事都是通过世代口耳相传才得以保存。本书精选了37个非洲大陆上的民间传说，题材广泛，构思巧妙，意味深长。无论主角是人物还是动物，都体现了非洲独特而鲜明的地域特点及民族风情。

非洲是一片离中国比较遥远的大陆。当你读完这本书后，你会进一步了解这片土地上的风土人情，通过非洲人民的美丽幻想获得一些有益的启发，拓展自己的眼界，从而识别美丑，陶冶情操。

目录

阿基尼法斯村的英雄

从前，有个叫阿基尼法斯的村子，村里的人经常外出打工。这天，他们去马依叶台葛城打麦子，在回村的路上，有一个人想看看有没有落下同行的伙伴，就叫队伍停下。他们去的时候是十二个人，但是这个人忘了数自己，所以怎么数都只有十一个人。

这个人惊慌地告诉伙伴："我们少了一个人。"另一个人不信，要亲自数一数，结果这个人也不记得数自己，所以他也喊道："真的只有十一个人！"这时，又有第三个人开始数，他看到路上只有十一个人，就相信了自己的同伴，开始痛哭："是真的，我们丢了一个伙伴，他一定被豹子抓走了！"十二个人都开始大哭，以为他们失去了一位朋友。

然后，他们整理队伍，继续向阿基尼法斯村走去。接下来的路途中，他们都在责备自己没有保护好同伴。第一个人说："是我们没有照顾好他。"有人接话："的确是我们的错，因为我们的疏忽，他被豹子抓走了！"第三个人说："肯定是一只凶猛的豹子偷袭了他！""没错，他被豹子抓住了，还敢和豹子搏斗，他真是一个勇敢的人！""说得对，他是阿基尼法斯最勇敢的人。""可惜他的夫人要守寡了，不过有这样英勇的丈夫，他的夫人也会很骄傲的。”“他的家人真可怜，他这样一个勇敢善良的人，怎么会遭遇这么大的不幸呢！”他们一边走，一边讨论那个被豹子抓走的同伴。

他们哭了一路，终于回到了村子。村里的人听见哭声，都跑到村口去迎接他们。人们问他们为什么哭得这么伤心，他们向村里的家人、朋友们讲述了回村路上遭遇的事情。他们说队伍里走丢的那个同伴是个英雄，他被豹子抓走了，可是还英勇地和豹子搏斗，讲的人神情激动，听的人也很兴奋。

这时候，有个小姑娘发现了问题：这次去城里，每个人回来时都扛了一袋面粉，现在地上有十二袋面粉，肯定就回来了十二个人，怎么会有人走丢呢？于是，小姑娘跑过去找妈妈：“妈妈，地上有十二袋面粉，肯定回来了十二个人。”女人一数，的确是十二袋，她赶紧跑去找村长。村长一点人数，果然是十二个，他对村民们说：“从城里回来了十二个人，那个走丢的人，肯定是打败豹子跑了回来，他真是个勇士！”村民们激动地喧嚷起来。就在这时，从城里回来的一个人说：“他肯定是打死了所有的

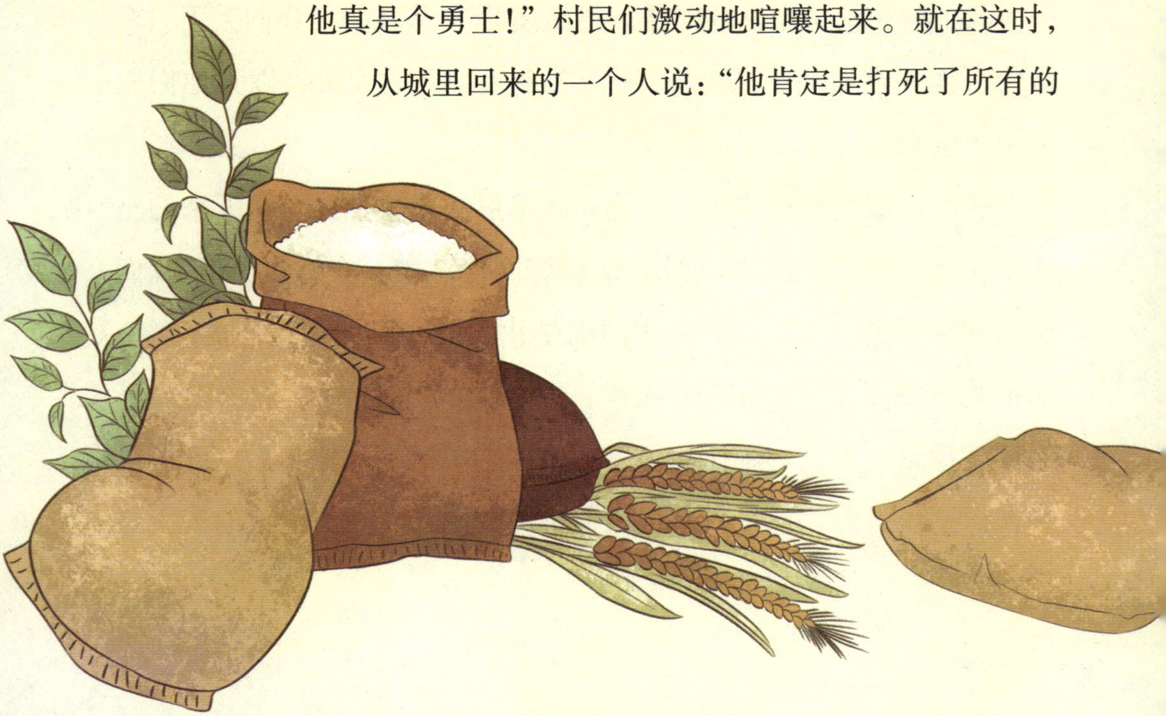

豹子！”另一个接着说：“这个英雄现在就在我们当中，我们太光荣了，竟然可以和英雄做邻居！”为了庆祝这个好消息，村里举行了盛大的庆祝会，他们唱歌，跳舞，庆祝英雄归来。

从此村里就有了一个传说：有一个英雄就住在村子里，他一个人打败了所有的豹子，给全村带来了光荣。

阿南西捕鱼

非洲西部地区有一个村子，挨着一片大森林，村民都是阿尚吉部族人。村子里有一个叫阿南西的家伙，狡猾奸诈。他喜欢过舒适的日子，却非常懒惰，所以经常欺骗自己的邻居。大家知道阿南西经常占人便宜，所以都很提防他。

这天，阿南西又想了一个新主意。他坐在家门口，叫住了路过的奥森沙，对他说："你想不想发财？我有一个好主意，我们可以一起撒网捕鱼，肯定能赚到一大笔钱。"奥森沙知道阿南西的恶名，所以很谨慎，说："我现在卖水果已经挺挣钱了，而且我家里还有多余的粮食，也能换钱。我不需要捕鱼赚钱了，你想赚钱，就自己去吧。"阿南西继续劝说："捕鱼赚的钱可比卖水果多，要不是我自己干不过来，我才不会把这么好的主意告诉你。"奥森沙还是没有答应阿南西，坚决地转身走了。

不一会儿，阿涅尼也从阿南西家门口路过。阿南西用同样的话劝说阿涅尼。阿涅尼也知道阿南西向来狡猾，但是他想知道阿南西到底在打什么主意，就假装考虑了很久，对阿南西说："这真是个好主意，我们两个人合作肯定比一个人抓的鱼多。我愿意与你合作。"

很快，全村人都知道了阿涅尼要和阿南西一起去捕鱼。奥森沙特意找到阿涅尼，说：“你怎么能答应阿南西呢？他这个人一直都很狡猾，他肯定是想骗你去捕鱼，然后自己拿走卖鱼的钱。”阿涅尼请奥森沙放心，他是绝对不会被骗的。

捕鱼就要先织网，所以第二天一大早，阿涅尼就和阿南西一起往棕榈林走去。阿南西一路上都在想哄骗阿涅尼干活儿的借口。结果刚到棕榈林，阿涅尼就对阿南西说：“这样吧，我割棕榈枝，你代我受累！”

阿南西一听到这样的话，就蒙了，他急忙问：“什么意思，为什么要让我受累？”

阿涅尼说：“一个人干活儿，另一个人就要受累，我们俩是合作伙伴，一人干一半的活儿才公平。现在我要砍树了，你当然就要承担受累的工作了。”

阿南西一听，不乐意了，说：“你别想占我的便宜，我怎么能替你受累呢？快把刀给我，你就替我受累吧！”说完，不等阿涅尼反驳，就拿起刀来，开始砍树了。

阿南西每砍一下，阿涅尼就配合地“哎哟”一声。听着阿涅尼越来越疲惫的哀号声，阿南西越砍越有劲，直到阿南西把砍好的树枝扎成一大捆，阿涅尼才从树荫下钻出来。他扶着腰，装作一副很累的样子，对阿南西说：“我已经受了这么长时间累了，剩下背树枝的活儿就交给我吧，这下轮到你替我受累了！”

“还是我背吧，就要辛苦你受累了。”阿南西到现在都没有识破阿涅尼的谎言，背着树枝就走了。在回村的路上，阿涅尼一直请求阿南西说:“你慢点，真是太累了，哎哟！我走不动了，我们歇会儿吧！”阿南西听着阿涅尼气喘吁吁的声音，觉得自己今天真是占到大便宜了。

到了村里，阿涅尼说:“阿南西，织网的活儿总该交给我了吧，现在该你代我受累了！”

“不用了。我来织网吧，你还是做好受累的工作。”

于是阿涅尼就躺在树荫下，看着阿南西织网，嘴里时不时还要哼哼几声。阿南西累得满头大汗，可是当他抬头看看一直哀号的阿涅尼，就又觉得充满力气，他想:“阿涅尼还真是个可笑的人，看看他现在的样子，又是气喘吁吁，又是叹气，肯定快累死了。”织好网，这回阿南西没等阿涅尼开口，就说:“现在可以去河边撒网了，这些活儿我自己能做，你就安心替我受累吧。”来到河边，阿涅尼对

阿南西说："这条河里有鳄鱼，曾经咬伤过人，太危险了，还是让我去撒网吧！"阿南西觉得阿涅尼真是不怀好意，就说："如果鳄鱼咬了你，肯定会是我替你受伤。你可别想骗我，我现在就下水，如果有鳄鱼，那你就代替我受伤吧！"说完，阿南西就下水撒网了，然后上岸和阿涅尼一起回了村子。

第二天早晨，阿涅尼看到渔网里有四条小鱼，就对阿南西说："你今天把这些鱼拿走吧！明天我再拿。"阿南西正准备低头捡鱼，就听见阿涅尼小声嘟囔："明天的鱼肯定更多，今天先让阿南西拿了，明天那些鱼就都是我的了。"阿南西一听，就觉得自己被骗了，他气呼呼地对阿涅尼说："你以为我是傻瓜吗？明天的鱼肯定更多，这四条鱼都给你，明天就该我拿了。"于是阿涅尼就把这四条鱼拿到城里卖了。

第三天，他们发现，渔网里的鱼果然比昨天多，数了数，竟然有八条。于是阿涅尼说："今天的鱼是昨天的两倍，明天的鱼肯定更多，今天该你拿了，明天那些鱼就是我的了。"阿南西觉得阿涅尼占了大便宜，就说："你竟然想明天拿更多的鱼，这样可不行，今天你拿吧，明天那些鱼都是我的。"于是，阿涅尼又去城里把鱼都卖了。

第四天，他们把渔网拽出来，看到网里竟然有十六条鱼，阿南西直接说："明天的鱼肯定更多，你可别

想占我的便宜，今天的鱼都给你吧，我明天能收更多的鱼。”于是，阿涅尼又用鱼换了一笔钱。

等到第五天，他们来到河边，等把鱼捡起来以后，发现渔网烂了。于是，阿涅尼说：“今天该你拿鱼了。不过还好，这个渔网坏了，已经不能再捕鱼了，我可以把渔网拿去卖了，渔网可比鱼值钱多了。”阿南西本来在偷偷高兴，今天自己有鱼拿，而阿涅尼什么也没有。现在突然听说渔网很值钱，阿南西就又动起了坏心思，说：“等一等，你竟然想把值钱的渔网拿走，那可不行，卖渔网的钱都是我的。”阿南西说完，就抱着破烂的渔网往城里去了，阿涅尼在阿南西的身后，把鱼捡起来，也进城去了。阿涅尼很快就把鱼卖掉了。

阿南西拿着渔网在市场上叫喊：“卖破渔网！卖最好的破渔网！”阿南西一整天也没有把渔网卖掉，反而让部族头领听说了破渔网的事情。头领就带人去见阿南西，阿南西以为头领要买他的渔网，就问：“你要买渔网吗？我这可是最好的破渔网。”头领特别生气，怒喝道：“你认为我的百姓都是眼盲吗？居然想把破渔网卖给别人。你这是在嘲笑我们！侮辱我们！”头领对围观的百姓说：“你们自己处罚他吧。”然后就离开了。百姓们把阿南西打了一顿，然后扔出了城。

阿南西回到村里后，大哭大闹，可是没有人同情他。阿涅尼对阿南西说：“这次就当是给你的教训吧，你一直想占别人的便宜，这回还想找个人帮你捕鱼，真是太可笑了！”阿南西听了并没有悔改，反而一脸得意，对阿涅尼说：“虽然挨打的是我，但疼的是你，你代我受了疼痛啊！”

嘴的作用

三个商人一起到某地做生意。虽然他们都算是富人，可是一个人的钱再多，也总是有限的，所以他们都无法单独做太大的生意。

这天，他们聚在一起聊天，谈着谈着，一个商人说："生意做大了，才能赚到足够多的钱。不如这样吧，我们三个人都把钱拿出来，凑在一起，然后到一个大城镇里开一家商店。赚到的钱我们仨平分，怎么样？"

另外两个商人都很赞同。

他们把钱放在一个袋子中，然后向东边出发了。途中，他们轮流背钱袋。历经了一番艰辛后，他们终于抵达一座大城市。

三个商人走进一家饭店，点了不少上等菜肴，美美地饱餐了一顿，然后决定去洗个澡。

他们商议好后，走到店铺老板面前，说："我们想去洗澡，麻烦你帮我们看管一下这个钱袋，好吗？"

老板是个老妇人，她点点头说："好的，没问题。"

商人们又说："但是你一定要记住，必须是我们三个人同时在的时候，你才能把钱交给我们中的一个人。"

他们把钱袋交给了老妇人，然后打了水，到一道篱笆后面洗澡去了。

刚洗了一会儿，一个较年轻的商人说：“要有肥皂才能洗得更干净。不如我去向老板借一块肥皂吧，怎么样？”

他的两个同伴都同意了。

于是年轻的商人来到老妇人面前，说：“老板，我的两个朋友让我来取钱袋，你快给我吧。”

可是老妇人说：“不行，现在只有你一个人在，我不能把钱袋交给你。你们交代过的，必须你们三个人同时在，我才能把钱袋给你们。”

年轻的商人大声对篱笆后的两个同伴说：“老板不肯给我，怎么办？她不相信是你们俩让我来取的。”

两个同伴听到了，以为老妇人不肯给肥皂，于是说：“老板，你就给他吧，真的是我们让他去取的。”

老妇人一听，立刻放下心来，把钱袋交给了年轻的商人。

这个年轻的商人接过钱袋，急忙走出饭店，不知道往哪儿去了。

那两个商人久久不见年轻商人把肥皂带来，意识到事情不妙，连忙穿上衣服，走了出来，这才知道是年轻的商人把钱袋拿走了。

两个商人又急又怒，一起责备老妇人。老妇人委屈地说：“刚才你们明明对我说，是你们让他来取的。要不是这样，我怎么敢把钱袋交给他呢？”

两个商人气恼地说：“我们只是让他来找你取肥皂！”

他们很快到法庭告了老妇人。开庭时，法官问两个商人：“你们对老板说了什么呢？”

他们说：“英明的法官，我们俩和拿走钱袋的人都是做生意的，我们三个人凑了一笔钱，打算在这个城市里开一家大店铺。这笔钱，我们放在了一个布袋子中。我们三人在老板的饭店里吃过饭后，想洗个澡，于是把钱交给老板保管。我们对她说，必须是我们三个人同时在的时候，才能把钱交给我们中的一个人。我们洗澡时，因为没有肥皂，于是拿走钱袋的那个同伴去找老板要。他去了之后，我们隔着篱笆，听到他对我们说老板不肯给他，我们就对老板说：‘老板，你就给他吧，真的是我们让他去取的。’我们等了好久，那个同伴也没有回来，我们急忙出去，才知道原来老板已经把钱袋交给了那个同伴，而这个骗子现在已经跑了。法官大人，你可怜可怜我们吧，我们已经没有一分钱了，在这座城市里也没有一个朋友和亲人，已经是山穷水尽了。法官先生，你一定要为我们主持公道呀！”

法官又问老妇人：“他们说的都是实话吗？”

老妇人说：“他们说的全是实话。”

法官板着脸对老妇人说：“那你马上去找那个人，把这两位朋友的钱追回来，还给他们。不然，你就只能去坐牢了。”

老妇人非常伤心，昏昏沉沉地回到家里。她绞尽脑汁，也想不出该怎样去找到那个骗子，只好又来到法庭，央求法官重新判决，却被法官拒绝了。

老妇人离开法庭后，坐在路边绝望地痛哭起来。

一个教书先生经过，看见老妇人哭得非常伤心，于是问：“老人家，请问你遇上什么不幸的事情了吗？”

老妇人抹着眼泪，把事情的经过一五一十地告诉了教书先生。

聪明的教书先生思索了一下，说：“老人家，这样吧，你再去一趟法庭，告诉法官你已经把钱追回来了，但你一定要说：‘不是他们三个人同时在场的话，我是不可能把钱交给他们的。’然后看法官和两个商人怎么回答你。”

老妇人眼睛一亮，高兴地站起来，立刻跑回法庭里。

法官说：“怎么样？把钱追回来了没有？”

老妇人说：“我已经把钱追回来了，但是，我要那三个商人同时在场，我才能把钱交给他们。之前他们也是这样对我说的。”

法官把那两个商人叫到自己面前，说：“快去把你们的同伴找来吧，这样老板才能把钱交给你们。”

两个商人着急地说：“可是我们去哪里找那个同伴呢？”

法官只好说：“对不起，我也没办法帮你们了。都怪你们的嘴巴，害得你们败诉了。你们最好还是离开这个地方吧，如果你们不甘心，想闹事，只会挨四十大棍，还会被关进监狱。”

法官又对老妇人说：“老人家，这件事已经结束了，你回去吧。”

鳄鱼和猎人

有一位猎人，心地非常善良。在一次远行打猎的途中，猎人正在烤肉，一只饿猫过来向猎人求助，他对猎人说："亲爱的猎人，我已经饿了很久了，能不能给我一些吃的？以后我一定会报答你。"善良的猎人不忍心小猫挨饿，就给了他一些肉，猫吃完肉，心满意足地走了。

第二天，猎人在草丛里发现了一只鳄鱼。原来这只鳄鱼上岸是为了捕猎，结果追猎物走得太远，现在累得爬不回去了，只能等好心人来救他。鳄鱼请求猎人帮他回到水里，他答应替猎人捉三次鱼以示感谢。于是，猎人就在鳄鱼的腿上绑了一根绳子，拉着他来到了水边。鳄鱼感谢猎人的救命之恩，然后就下水捕鱼了。鳄鱼第一次把鱼送到了猎人手中，第二次把鱼送到了离岸远一点的地方。第三次，鳄鱼干脆就等在水中，请猎人自己来拿鱼。谁料，猎人刚走进水里，鳄鱼就咬住了猎人的腿。鳄鱼拉着猎人一直在水中走，最后把猎人放在了一个小岛上，然后招呼他的鳄鱼兄弟们，一起来享用大餐。

猎人看到四周聚集了这么多鳄鱼，十分慌张地说："我带你们这

位朋友回家，可是等他下了水，觉得我没有价值了，就反过来要吃我，你们说这样公平吗？”

鳄鱼们对他说：“我们可以多听几种意见，然后再做判断。”

正好，昨天向猎人要肉吃的那只猫从这里路过，猎人向猫征求意见。猫说：“这只是你自己的说法，至于事情的真相是怎样的，是否公平，我还要听一听鳄鱼是怎么说的。”

鳄鱼说：“我本来在岸上待得好好的，猎人发现我之后，就用绳子绑住我的腿，使劲把我拽到了水里。”

猫说：“空口无凭，我还是不知道你们谁对谁错。这样吧，你们再重复一下当时的场景。我们回到你们相遇的地方，然后让猎人把你绑住拖下水，这样我才能评判是否公平。”于是他们就一起来到了猎人搭救鳄鱼的草丛。猎人刚用绳子把鳄鱼的腿绑住，猫就让猎人撇下鳄鱼赶紧离开。鳄鱼在后面使劲叫唤，可惜这次没有人救他了。

鳄鱼的眼泪

在世界刚刚形成的时代，人类甚至都还没有出现，非洲的一处水域中住着鳄鱼一家。那时候的鳄鱼和现在的鳄鱼完全不同——他们浑身洁白如雪，像鱼儿一样在水中自由游动，每天都过着欢乐无忧的生活。

随着时间流逝，鳄鱼一家的身体开始发生变化。他们的鱼鳍逐渐变得坚硬，形状像小铁锹一样。

“别担心，孩子们，”鳄鱼爸爸安慰道，“鳍变硬是件好事呢！”

“是啊，”鳄鱼妈妈点头附和，“坚硬的鳍可以像船桨一样帮助我们在水底自由穿梭，游得更快更远。”

在鳄鱼家族中，有一个名叫克罗克地利斯的小鳄鱼特别调皮好动。他总是对父母禁止去的地方充满好奇——父母越是不让去，他就越想一探究竟。

“千万不要靠近水面，那里很危险！”父母总是这样警告。

但克罗克地利斯每天都偷偷游得比前一天更接近水面。终于有一天，他鼓起勇气，游到了岸边，将头探出了水面。

“哇！”小鳄鱼惊叹道。

原来，水面上的世界如此绚丽多彩！湛蓝的天空，翠绿的树木，五颜六色的鲜花——这和水下单调的景色完全不同！克罗克地利斯用他那变硬的鳍撑起笨重的身体，忽然，一股新鲜的空气涌入他的肺部。

“原来还可以这样呼吸！”他又惊又喜，但很快因为害怕又缩回了水中。

从那以后，克罗克地利斯每天都瞒着父母偷偷上岸探险。渐渐地，他发现自己的鳍开始变成了脚，可以爬到岸上走动了！

有一天，他看到了一种从未见过的生物，简直不敢相信自己的眼睛——这种生物居然能在空中飞翔！

“你是谁？”克罗克地利斯好奇地问道。

“我是一只鸟儿，”那生物回答，“你又是什么？”

“我是一条鳄鱼。”

“鳄鱼？鱼怎么能上沙滩？”鸟儿疑惑不解。

“我不完全是鱼，这几天我已经长出了脚。”克罗克地利斯骄傲地展示着自己的新变化。

“那你有翅膀吗？”那只羽毛绚丽的鸟儿在克罗克地利斯头上盘旋，好奇地问道。

“翅膀？那是什么？我怎么可能有翅膀呢？”

“我不知道你能不能长出来，”鸟儿说，“我认为这身美丽的羽毛是太阳赐予我的礼物。我们鸟儿每年都会飞到这里寻找太阳，因为我们的家乡此时正值寒冬。妈妈告诉我，没有太阳的温暖，我们就无法生存。”

克罗克地利斯兴奋地把岸上的奇遇告诉了自己的兄弟姐妹。第二天，整个鳄鱼家族的孩子们都拖着笨重的身体爬上了岸，想要欣赏鸟儿绚丽的羽毛。

“我们已经学会了走路，但我们还不会飞。”克罗克地利斯对大家宣布，“鸟儿说了，只要我们待在太阳底下晒得久一些，翅膀就会长出来！”

于是，鳄鱼们整天躺在岸边，让炽热的阳光照射自己的身体。在阳光的暴晒下，他们的皮肤噼啪作响，鳞片肿胀变硬，但他们都默默地忍受着这份疼痛，心中期盼着奇迹的发生——长出美丽的翅膀，像鸟儿一样在天空翱翔！

这种对翅膀的渴望代代相传，从父亲传给儿子，从母亲传给女儿。日复一日、年复一年的暴晒，让鳄鱼们的皮肤变得像盔甲一样坚硬，颜色也从雪白变成了灰绿色。

每年，那些迁徙的鸟儿回来时，都会看到依然守在岸边的鳄鱼。鸟儿们叽叽喳喳地嘲笑着鳄鱼坚硬的灰绿色皮肤，这让鳄鱼们心烦意乱，脾气也变得越来越暴躁。

“千万不要靠近鳄鱼！”聪明的动物都会这样警告自己的孩子，“他们嫉妒所有美丽的生灵！”

直到今天，我们仍然可以看到鳄鱼们每天花好几小时在岸边晒太阳，但是……他们依然没有长出翅膀！看到飞翔的鸟儿，他们会伤心地流下眼泪。

这就是为什么鳄鱼会流眼泪的故事。

大象墓地

在非洲广袤的草原上，桑库鲁河缓缓流淌，河边生活着一群强壮的大象。他们的领袖是一头名叫克劳的大象，他不仅身材魁梧，还拥有非凡的智慧，深受象群的敬重。

有一天，一只小织布鸟扑腾着翅膀飞到克劳面前，上气不接下气地喊道：“克劳大王！克劳大王！不好啦！有可怕的两脚生物闯进我们的家园啦！”

“怎么了，小家伙？慢慢说。”克劳用温和的声音安抚道。

“那些黑色的两脚生物带着奇怪的棍子，能从远处伤害动物！他们砍倒树木，吓跑了许多动物！”织布鸟急切地解释。

克劳轻轻甩了甩耳朵，不太在意地说：“哦，那是人类。别太担心，他们虽然聪明，但身体弱小，武器伤不到我们厚厚的皮肤。”

然而，克劳很快发现自己错得离谱。虽然人类普通的武器确实无法穿透大象的皮肤，但如果他们的箭射中大象的眼睛，后果将不堪设想。更糟糕的是，人类开始焚烧森林来种植农作物，与此同时，一场可怕的干旱也降临到这片土地上。

“咚咚咚！”克劳用脚重重踏地，召集所有大象开会。

“朋友们，”克劳环顾四周说道，“我们面临两大威胁：人类在摧毁我们的家园，而干旱又带走了我们的食物。我认为，是时候寻找新家园了。”

小象们惊讶地抬起鼻子，老象们则若有所思地点点头。

“我们将向西迁徙，”克劳用长长的鼻子指向夕阳的方向，“避开危险的沼泽和人类的村庄。虽然旅途艰难，但我相信，凭借我们的力量和团结，定能找到安全的新家园！”

克劳的眼中闪烁着对故乡的不舍，他说：“但是，我们永远不会忘记这片土地。每年雨季过后，我们都要回到这里，让小象们记住自己的根，也让年老的大象能在故乡安详地走完最后一程。这是我们对祖先的承诺。”

就这样，大象们离开了生活多年的家园。在前进的道路上，愤怒的象群摧毁了人类的农田和村庄，人类因此永远记住了大象的力量和怒火。

“为什么我们很少能看到大象的尸体呢？”也许你会问。

这是因为直到今天，年老的大象感觉生命将要结束时，仍然会沿着祖先的足迹，回到桑库鲁河畔的某个神秘地方——人们称之为“大象墓地”。在那里，他们安详地度过生命的最后时光，与大地融为一体。

有趣的是，尽管科学家们四处寻找，却从未发现这个传说中的“大象墓地”。大象们守护着这个秘密，就像守护着自己的生命一样。也许有一天，当人类学会尊重自然，大象们会愿意分享这个神圣的秘密。但在那之前，“大象墓地”会继续隐藏在桑库鲁河边的某个角落，静静地等待着忠诚的象群回家。

猎人的秘密和野牛姑娘

从前，有一对夫妻生了一个小男孩。男孩出生两小时，就会说话走路；又过了几小时，男孩就长成了大人。出生的那天晚上，男孩就说自己要出门打猎，然后不顾家人的阻拦，带着猎枪出门了。一开始，周围的邻居看见男孩长得这么快，都既惊讶又害怕，不过时间一长，也就习惯了。

男孩是一个好猎手，他第一次打猎，就带回来了几只兔子、一头象和一头野牛。以后的日子，男孩带回来的猎物越来越多，甚至成了当地最好的猎手。他最擅长的就是打野牛，所以，野牛群一见到他就害怕得四处逃散。为了躲避猎杀，野牛们凑在一起开会，商量阻止这位猎人屠杀野牛的方法。他们决定送给猎人一个漂亮的姑娘。于是他们推选了一只母野牛，将她变成了一个白皮肤、长头发、大眼睛的姑娘。野牛姑娘来到猎人家里，猎人母亲问她是谁，野牛姑娘说："我来自远方的一个城市，十分欣赏和佩服猎人，希望能嫁给他，做他的妻子。"

猎人当时正在田里干活儿，邻居告诉他家里来了一个美丽的姑娘，希望嫁给他。猎人一听，就扔下锄头，赶紧往家跑去。经过小溪的时候，猎人还特意洗了洗澡。他看见美丽的野牛姑娘，十分心动，立刻答应娶野牛姑娘为妻。野牛姑娘害怕猎人再去打猎会伤害自己的家人，当天晚上，就对猎人说，自己十分爱慕他，知道猎人有出色的打猎本领，但是担心他打猎时会遇到危险。猎人听到野牛姑娘的话，就宽慰她说："你不要担心，我会一些咒语，如果碰到危险，我就会变成别的东西逃走。"

野牛姑娘一脸好奇的样子，问道："你好厉害，那你都能变成什么东西呢？"

"如果有野牛追我，我就可以变成一阵风飘走。"

"如果被发现了，那可怎么办？"

"没关系，那我还可以变成一片落叶。"

"如果再被发现呢？"

"那我还可以变成一个蚁冢。"野牛姑娘一直问，猎人就一直说。隔壁房间里的母亲听见猎人把自己生存的秘密都告诉了野牛姑娘，生气地大喊："你们才认识一天，怎么能把秘密都告诉别人呢？"这时，猎人正在说最后一个变化的模样"泰莫"。猎人觉得母亲的话有道理，就不再继续说了，他告诉野牛姑娘这就是所有他会变的东西。其实最后一样东西是一种叫"泰莫列别列别"的蝌蚪。

野牛姑娘以为自己完成了任务，就借口去后院，返回野牛群了。猎人见野牛姑娘不在家里，以为自己把她吓跑了。

第二天，猎人照常去打猎，结果在林子里被野牛群围攻了。猎人一看自己跑不掉，就念动咒语变成了一阵风。恢复成野牛的野牛姑娘指着摇动着的灌木树叶，大叫道："他变成风了，就在那儿，快

抓住他！”猎人一听，知道自己的行踪暴露了，就赶紧变成了树叶，结果又被发现了。猎人这才意识到自己上当了，他绝望地变来变去，最后钻进一条混浊的小溪，变成了小蝌蚪。野牛群一直追到了小溪边，开始寻找野牛姑娘嘴里的“泰莫”。野牛们用蹄子拨开地上的泥沙，拔下水中的芦苇，还捉住了蜻蜓和小鱼，结果哪个都不是那种叫作“泰莫”的东西。野牛群见找不到猎人，就沮丧地返回了林子，猎人恢复人身跑回了家。

猎人回到家，和母亲描述了他今天的遭遇，说：“多亏您的提醒，我今天才逃过一劫。”从此，猎人再也不敢向别人提起自己的秘密了。

吃人的怪物和勇敢的孩子

从前，有一个怪物，体形庞大，还爱吃人，当地人都很害怕他。

当地人为了躲避怪物的袭击，都藏在一个山洞里。可是，怪物还是找到了山洞。怪物饱餐一顿，以为山洞里的人和牲畜都被自己吃掉了，就心满意足地离开了。其实，有一对母子藏在最里面，怪物没有发现，这对母子也因此躲过一劫。

怪物离开以后，母亲偷偷地跑回家，拿走了最后一点食物，然后返回了山洞。从此，母子俩就在山洞里相依为命。母亲从小就教育男孩："外面有一个怪物，他把附近的人都吃了，你千万不要离开山洞。"

男孩渐渐长大，非常想去见识一下外面的世界。有一天，男孩不顾母亲的阻拦，带着自己制作的弓箭，离开了山洞。男孩回来的时候带了一只小鸟，他问母亲："这是那个吃人的怪物吗？"母亲摇摇头，说："不是。"

第二天，男孩又带回了一只鸟，问了母亲同样的问题。母亲还是摇头。

第三天，男孩没有带回来鸟，而是带回来一只羚羊。他想："这个东西这么大，肯定就是怪物了。”结果母亲还是摇摇头。

从此以后，男孩每天回来的时候，都会带回来一些猎物。不过他每次都会指着自己的猎物问母亲：“这是吃人的怪物吗？”

母亲每次都回答不是。最后她生气地对男孩说：“怪物很厉害，他把周围所有的人都吃了，我们俩以后要好好活着，你可不要想着打死他。”

男孩还是不甘心。于是，第二天他就带着母亲一起出了山洞。他点燃了一棵小树，然后和母亲一起藏在旁边粗壮的大树上，他对母亲说：“母亲，我今天就要把那只怪物引出来，我一定会杀死他。”

母亲听见男孩的打算，连忙劝阻说：“儿子，我们不是他的对手，我们快跑吧。”

燃烧的小树果然把怪物吸引过来了。不过，怪物也发现了母子俩，他站在树下盯着母子俩，兴奋地说：“我还以为我把周围的人都吃了，没想到漏了你们两个。我今天就要把你们俩吃了。”

男孩毫不畏惧地说：“那就要看你的本事了。”

怪物很生气，就开始用手拍打树干，大树晃晃悠悠，看起来马上就要倒了。男孩镇定地拿出弓箭，瞄准怪物开始放箭，每一箭都射中怪物的要害。大树还没有被推倒，怪物已经重伤倒地了。怪物知道自己快死了，就对男孩说：“那些吃掉的东西还在我肚子里。你可以把他们救出来。对了，我的脸里面也有个人。”

怪物死后，男孩就赶紧救出了那些被吃掉的人和牲畜，他们果然都好好地走出来了。男孩想起了怪物的话，又从他的脸里，救出了一个人。

被怪物吃掉的那些人，都好好地回到了自己家里。为了报答男孩，他们决定推举男孩为国王。

就这样，男孩因为他的勇敢和正义，当上了国王，人们都很爱戴他。只有一个人对男孩不满，就是最后从脸里被救出的那个人。他对别人说："为什么要救我，我又不喜欢这里，赶紧让他把我放回去。"

大家见他这么忘恩负义，纷纷指责他说："国王好心救了你，你怎么能说出这种话？"国王安慰大家，说："你们不必争执。既然他想回去，月底我就会满足他。"

国王知道那个人喜欢猴面包树，于是特意命人种了一批，还专门派人守着。月底的时候，那个人果然来到猴面包树下，随手就摘了一片叶子。谁知，国王特意在猴面包树旁等他，见他摘了一片叶子，就对他说："好朋友，叶子同意你摘它了吗？现在，请你把叶子放回去。"那家伙摇摇头，说："这怎么可能？"

然后，国王就召集了一群人，来围观他把叶子接回去。还对大家说："如果你把叶子接回去了，我就实现你的愿望，把你放回怪物的脸里面。"那个家伙要赖："这不是一回事，叶子怎么可能接回去？"

大家听见那个家伙要赖，就指责他说："一片叶子你都接不回去，怎么好意思要求国王把你放回怪物的脸里呢？"

这家伙无话可说了，只好老老实实地和大家一起生活。

国王处理每件事情的时候都能以理服人，因此，越来越受百姓们的爱戴。

如何教会懒人工作

在非洲的一个美丽山谷里，有一条清澈的大河缓缓流过。河水滋润着两岸的土地，使这里的草原变得异常肥沃。青草茂盛，动物们只要低下头就能吃到鲜嫩的草叶，所以牛羊都长得又肥又壮。

在这片富饶的土地上住着一个部落，人们称他们为“懒人部落”。为什么叫这个名字呢？因为这个部落的人，特别是男人们，整天无所事事，只知道喝酒和休息。女人们偶尔会干一点活儿，但也是能少干就少干。

“今天真舒服啊，躺在草地上晒太阳多惬意！”部落里的男人们经常这样说。

“是啊，为什么要辛苦工作呢？我们的河给了我们丰富的食物，草原给了我们肥美的牛羊，生活已经很好了。”另一个人懒洋洋地回答。

有一天，一个陌生人来到了这个部落。他与众不同的地方在于，他非常勤劳。这个陌生人一来到这里，二话不说就开始干活儿。从早到晚，几乎不休息，也不和任何人交谈。

“看那个奇怪的人，他在做什么？”部落里的孩子们好奇地问。

“他在建房子。”大人们回答，“但我从没见过有人这么拼命地工作。”

经过一段时间的努力，陌生人终于建好了一座漂亮的大房子。这座房子宽敞明亮，比部落里任何一个人的住所都要好。

这引起了部落里一些人的不满。他们不高兴不是因为陌生人占用了土地——这里的土地足够所有人使用；也不是因为他在这里打猎钓鱼——草原上的猎物和河里的鱼都很多。他们不高兴的是这个陌生人太爱劳动了，这是他们从未见过的。

懒人部落的人给这个陌生人起了个外号，叫“木利卡”，在他们的语言中，这个词的意思是“劳动者”。

“看那个木利卡，整天不停地干活儿，真是怪人！”部落里的人常常这样嘲笑他。

“是啊，他连说话的时间都没有，只知道工作，工作，工作！这样的人能带来什么好运呢？”另一个人附和道。

随着时间的推移，部落里的人对木利卡的厌恶越来越深。最后，他们决定召开一个大会，讨论如何处理这个陌生人。他们甚至邀请了木利卡也来参加。

在大会上，部落的巫师站出来对大家说：“不久前，一个奇怪的陌生人来到了我们的土地上。他不和任何人打招呼，不和任何人说话。他建了一座房子，占用了我们的土地。他在我们的草原上打猎，在我们的河里钓鱼。”

巫师停顿了一下，声音提高了：“但最让人无法接受的是，他整天不停地工作！我们都知道，我们的部落不需要勤劳工作。这个陌生人在我们中间格格不入，他的行为冒犯了养育我们的河神！我们应该怎么处置他呢？”

部落里的人立刻齐声喊道：“赶他走！我们不要他留在我们中间！”

这时，木利卡终于开口说话了：“请允许我说一句话。在我来到你们这里之前，伟大的神在梦中告诉我，让我找到你们，教会你们工作的重要性。你们整天无所事事，如此懒惰，这最终会给你们带来灾难。我来这里就是为了保护你们，让你们免于未来的危险。”

木利卡的话不但没有平息人们的怒火，反而让他们更加愤怒。

“赶他走！我们不需要你教我们什么！”人们更大声地喊道。

木利卡知道自己无法改变这些人的想法，最后只留下一句话：“我看到你们正走向末路。”说完，他就离开了这片美丽的土地。

懒人部落的人们很快就把木利卡忘了，继续过着他们悠闲懒散的生活。直到有一天，一些顺流而上的旅人带回了关于木利卡的消息。

“你们知道吗？那个被你们赶走的木利卡在下游定居下来了。”旅人说，“他找来了二十个同样勤劳的人，和他们一起工作。他们搬来很多大石头和木桩，把它们放在河道最窄的地方。”

听到这个消息，懒人部落的人都觉得木利卡疯了。

“哈哈，看来工作真的让他失去了理智！”他们嘲笑道，“搬那么多石头和木头干什么？真是浪费力气！”

他们很快就不再关心木利卡在做什么了。但没过多久，他们的笑声就变成了恐惧的尖叫。

雨季来临了。往年雨季时，河水会上涨，淹没两岸的草地，但很快又会退回河床，留下肥沃的土壤。但这一次，情况完全不同。

“河水怎么还不退？”人们开始担忧。

“不对劲，水位还在上升！”有人惊恐地喊道。

河水不但没有退回河床，反而越来越猛烈地涌向两岸。房屋被冲毁，牛羊被淹死，人们只能仓皇逃命。

“是木利卡！他在报复我们！”有人大叫。

这时人们才明白过来，木利卡在下游建造的不是别的，正是一座坚固的大坝！当洪水漫过河岸后，整个山谷变成了一个巨大的湖泊。

为了躲避洪水，绝望的人们只能逃进森林。等到雨季过去，洪水退去后，他们才敢回到山谷。但原来的家园已经面目全非，他们不得不重新开始：建造新房子，在新形成的湖边开垦田地，重新饲养牲畜。

这一次，懒人部落的人不再懒惰了。他们开始明白，只有通过劳动，才能生存下去。

部落中一些聪明的人开始思考："也许木利卡并不是在报复我们。他是听从了神的指引，用这种方式教会我们工作的重要性。他其实是在拯救我们啊！"

从那以后，这个部落的人改变了生活方式，他们变得勤劳，不再整天无所事事。更重要的是，他们开始尊敬木利卡，把他视为一种力量。在需要帮助的时候，他们会虔诚地呼唤他的名字："木利卡，请帮助我们吧！"

每当他们辛勤劳作时，似乎都能感受到木利卡的力量在支持着他们。

自作自受的马拉布

很久很久以前，在非洲的一个小村庄里，住着一位名叫马拉布的智者。马拉布在当地很有名望，人们常常来向他请教各种问题。马拉布有一个美丽的女儿，名叫法蒂玛。

法蒂玛不仅长得美丽动人，而且聪明伶俐，善良懂事。她的美名传遍了方圆百里，四面八方的年轻人都慕名而来，希望能娶她为妻。

“父亲，又有人来送礼物了！”法蒂玛经常对马拉布说。

“让他们进来吧，”马拉布笑眯眯地回答，“我们看看这次又是什么好东西。”

在非洲的这片土地上，有四个强大的部落：富拉尼族、班巴拉族、曼宁卡族和朱拉族。这四个部落的年轻人都被法蒂玛的美丽所吸引，争先恐后地来向马拉布求亲。

富拉尼族以放牧闻名，他们养了很多牛。富拉尼族的年轻人经常带着香甜的牛奶和健壮的小牛犊来拜访马拉布，希望能打动他的心。

“尊敬的马拉布先生，”富拉尼族的年轻人说，“这是我们部落最好的牛奶和最健壮的小牛犊，请收下我的心意，把美丽的法蒂玛嫁给我吧！”

班巴拉族以种植技术闻名。班巴拉族的青年会主动来为马拉布耕种土地，还会把自己田里最好的农作物送给他。

“马拉布先生，”班巴拉族的人说，“我帮您把地种好了，这是我们部落最好的粮食，请把法蒂玛嫁给我吧！”

曼宁卡族以战斗闻名。曼宁卡族的青年会把在战争中俘获的奴隶献给马拉布，作为求亲的礼物。

“伟大的马拉布，”曼宁卡族的青年说，“这些俘虏可以为您工作，请您考虑把法蒂玛嫁给我。”

朱拉族以经商闻名。朱拉族年轻人会带来许多贝壳——那时候的贝壳就像现在的钱币一样，可用来购买其他东西。

“聪明的马拉布，”朱拉族的人说，“这些贝壳是我们部落最珍贵的财富，希望您能把法蒂玛嫁给我。”

马拉布看着源源不断送来的礼物，心里美滋滋的。他开始享受女儿美貌带来的各种好处，生活变得越来越舒适。

很快，四个部落的年轻人都带来了使团，想要正式提亲。马拉布贪心地收下了所有人的礼物，并且对每个部落都承诺会把女儿嫁给他们的年轻人。

“马拉布先生，您已经答应了我们，法蒂玛会嫁到我们富拉尼族，对吗？”富拉尼族的青年确认道。

“当然，当然！”马拉布连连点头。

“可是马拉布先生，您不是也答应了让法蒂玛嫁到班巴拉族吗?”班巴拉族的青年困惑地问。

“没错，没错!”马拉布又笑着回答。

就这样，马拉布对四个部落都做出了相同的承诺。四个部落的年轻人感到非常困惑，但他们都不想放弃追求美丽的法蒂玛。于是，他们开始加倍送礼，希望能最终赢得马拉布的青睐。

在四个部落的一再催促下，马拉布终于宣布了婚礼的日期。但是随着婚礼日期临近，马拉布仍然没有决定要把女儿嫁给哪个部落的年轻人，这让所有人都很担心。

婚礼的前一天晚上，神明知道了马拉布的所作所为，便派了一位使者来询问他:“马拉布哇，你为什么要贪婪地索取礼物?为什么没有按时向神明祈祷?”

马拉布害怕极了，连忙请求使者帮忙传话:“请告诉神明，我实在是决定不了要把女儿嫁给哪个部落的年轻人。”

神明听了马拉布的话，又派使者回来告诉他:“把你的女儿和三只小动物一起锁在一个房间里。这三只小动物分别是一头驴、一只猫和一条狗。等到婚礼那天早上，你打开房门，就会知道最好的解决办法是什么了。”

马拉布按照神明的指示做了。他把法蒂玛和三只小动物关在了一个房间里。

第二天一大早，天刚蒙蒙亮，马拉布就迫不及待地打开了房门。他轻轻地叫了一声:“法蒂玛，我的女儿!”

令他惊讶的是，房间里传来了四个声音，同时回答道:“我在这里，父亲!”

马拉布大吃一惊，赶紧走进房间一看，发现房间里站着四个一模一样的法蒂玛！她们长得一样美丽，声音一样动听，连衣服都一模一样。马拉布完全分辨不出哪一个才是自己真正的女儿。

“这……这是怎么回事？”马拉布困惑地问道。

但四个法蒂玛都只是微笑着看着他，没有一个回答。

婚礼按计划举行了。四个长得一模一样的法蒂玛分别嫁给了四个部落的年轻人。每个部落的年轻人都以为自己娶到了真正的法蒂玛，高高兴兴地带着新娘回家了。

参加婚礼的宾客们都惊呆了，他们从来没有见过这样的事情。大家都更加敬佩马拉布了，认为他确实是一位法力无边的智者，能够变出四个一模一样的女儿。

马拉布的威望达到了顶峰，但他的内心却充满了忧虑：他的亲生女儿法蒂玛到底嫁到了哪个部落呢？

因为自己的贪婪，马拉布受到了神明的惩罚——他永远也不会知道自己真正的女儿去了哪里。这个问题日夜折磨着他，马拉布整日愁眉不展，很快就郁郁而终，只留下了一屋子从各个部落收来的礼物。

吃人的葫芦

在遥远的非洲大地上，有一个平静祥和的小村庄。村民们过着日出而作、日落而息的简单生活。他们在肥沃的土地上种植庄稼，在清澈的河流中捕鱼，日子过得其乐融融。

然而有一天，一个不寻常的东西出现了。

在村庄必经的道路上，突然冒出了一个巨大无比的葫芦。这可不是普通的葫芦，它有一间小屋那么大，表面光滑发亮，随着阳光诡异地变换颜色。更可怕的是，这个葫芦竟然能吞食人类！

“咕咚！”一个不知情的路人刚走到葫芦旁边，葫芦立刻张开了大嘴，将那人一口吞下。

“哎呀！那葫芦吃人啦！”有村民惊恐地喊道。

有些好奇的村民不信邪，想去看个究竟，结果也全都被这个贪婪的葫芦吞了进去。日复一日，村子里的人越来越少，最后没剩几个人了。

有一位名叫卡尔巴的妇女和她的小儿子躲在村子附近的森林里，幸运地逃过一劫。卡尔巴非常害怕，紧紧抓住儿子的手，不敢让他离开自己半步。

“妈妈，村子里发生了什么事？为什么我们要躲在森林里？”小男孩问道。

“外面有个可怕的大葫芦，它会吃掉所有靠近它的人，”卡尔巴解释道，“所以我们必须待在这里，哪儿也不能去。”

但是小男孩正是好奇心旺盛的年纪。一天，当卡尔巴去采集野果的时候，他悄悄溜出了森林，想去看看那个神奇的大葫芦到底长什么样子。

“哇！真的有一个巨大的葫芦！”小男孩兴奋地跑了过去。

就在他刚靠近葫芦的那一瞬间，葫芦突然颤动起来，张开了一道裂缝。“咕咚”一声，小男孩就被吞进了葫芦里。

卡尔巴回来后发现儿子不见了，急忙沿着儿子的小脚印一路寻找。当她赶到村庄的路口，正好看到自己的儿子被那个可怕的葫芦吞下去的一幕。

“不！——我的孩子！”卡尔巴痛苦地喊道，瘫倒在地上，泪如雨下。

但伤心过后，母亲的本能让卡尔巴重新振作起来。“我必须救回我的孩子，无论付出什么代价！”她擦干眼泪，坚定地说。

卡尔巴想起森林深处住着一位神秘的老女巫，她掌握着许多神奇的法术，或许能帮上忙。于是，卡尔巴顶着烈日，穿过茂密的灌木丛，终于找到了那座用树枝和泥土搭建的小屋。

“尊敬的女巫婆婆，”卡尔巴跪下恳求道，“我的孩子被一个巨大的葫芦吞掉了，请告诉我，该怎么做才能救出他？”

老女巫苍老的眼睛里闪烁着智慧的光芒，她拄着一根弯曲的拐杖，缓缓说道：“孩子，我能感受到你内心的痛苦。作为母亲，你的爱是世界上最强大的力量之一。我会帮助你找回你的儿子。”

女巫从她的草药篮中取出一个闪着红光的辣椒，递给卡尔巴：“拿着这个神奇的红辣椒，向着太阳落山的方向走。你会发现一块高耸入云的巨石。用这个辣椒在巨石上摩擦，就会出现一道门。进去后，一直往地心深处走，你会找到一只神秘的公羊，告诉他是我派你去的，请他帮忙解决那个葫芦的问题。”

卡尔巴感激地接过红辣椒，立刻踏上了寻找巨石的旅程。她从早晨走到黄昏，终于在落日的余晖中看到了那块如山一般高大的岩石，它巍然屹立，仿佛是大地的守护者。

卡尔巴拿出红辣椒，在岩石表面使劲摩擦。奇怪的事情发生了！随着一阵“轰隆隆”的响声，巨石中间裂开了一道缝隙，足够一个人通过。

卡尔巴鼓起勇气，钻进了岩石缝。里面是一条向下延伸的幽暗通道，地面铺着红褐色的石板，空气中弥漫着奇特的气息。抬头望去，卡尔巴惊讶地发现，上方悬挂着一个只有鹅卵石大小的太阳，但它发出的光和热却与地面上的太阳一样强烈。

卡尔巴不知道自己走了多久。在这个奇怪的地下世界，那个小太阳始终悬在头上，让她无法判断时间的流逝。她的脚步沉重却坚定，心中只有一个念头——救回自己的孩子。

终于，卡尔巴来到了路的尽头，看到了一座闪着金光的大房子。房内，一只巨大无比的公羊正懒洋洋地趴在地上休息。这只公羊像山一般高大，身上覆盖着血红色的羊毛，头上的一对羊角像火焰一样闪耀着红光，看起来神圣而威武。

公羊抬起硕大的头颅，俯视着卡尔巴，声音如雷鸣般响亮：“人类女子，你为何来到地下世界？”

卡尔巴鼓起勇气回答：“尊敬的公羊大人，是森林中的老女巫让我来寻找您。地上有个可怕的葫芦吞食了所有的人，包括我的儿子。女巫说，只有您才能帮助我们。”

公羊听完后思考了片刻，点点头说：“爬到我的背上吧，我们这就出发。”

卡尔巴小心翼翼地爬上公羊宽阔的背脊。公羊一跃而起，大步流星地奔跑起来。他的速度快得惊人，风在卡尔巴耳边呼啸而过。

转眼间，他们就回到了地面上的岩石缝处，重见天日。

“啊，久违的蓝天和绿树！”卡尔巴感叹道。

公羊带着卡尔巴回到了老女巫的住处。老女巫看到他们，立刻走出小屋，向公羊深深鞠躬致敬。然后，她开始唱起一首古老而神秘的歌谣。

这歌声并不悦耳，却蕴含着强大的力量。老女巫满是皱纹的脸上流露出深深的悲伤，她用歌声诉说着葫芦给村庄带来的灾难，讲述着无辜村民的痛苦，也包含着卡尔巴对儿子的思念和爱。

歌声似乎唤醒了公羊内心的力量。他的眼睛开始燃烧起来，像两团跳动的火焰；他的羊蹄急躁地刨着地面，扬起阵阵尘土；他头上的羊角变得通红，仿佛刚从铁匠铺的火炉中取出的利剑。

突然，公羊怒吼一声，冲了出去。老女巫的歌声像无形的丝线，缠绕在公羊周围，给他增添力量。

“轰隆隆！”公羊奔向那个巨大的葫芦，每一步都让大地震颤。葫芦感受到了威胁，开始“嘎嘎”作响，滚动着迎向公羊。

一场惊天动地的战斗就这样开始了！公羊用他火红的羊角猛烈撞击葫芦，葫芦则试图将公羊吞入腹中。尘土飞扬，地面震动，就连天空中的云彩都被震散了。

最后，公羊聚集全身力量，像一枚炮弹一样撞向葫芦。“砰”的一声巨响，公羊被反弹的力量抛向天空，像一颗石头般飞向远方；而那个可怕的葫芦则像鸡蛋一样碎裂开来，分成了几大块。

神奇的一幕出现了！从破碎的葫芦中，无数的人开始涌出来。他们一个叠着一个，挤在葫芦里，但奇妙的是，所有人都还活着！卡尔巴一眼就看到了自己的儿子，母子俩激动地抱在一起。

更奇妙的是，从葫芦里出来的人中，有白皮肤的人、黄皮肤的人、红皮肤的人，还有黑皮肤的人。这四种不同肤色的人类，就这样出现在了世界上。

人们欢呼雀跃，感谢卡尔巴和勇敢的公羊。从此以后，不同肤色的人类开始在世界各地生活，繁衍生息，形成了我们今天看到的多彩人类大家庭。

会唱歌的鼓和神秘的南瓜

一天早晨，沙滩上有一群孩子在玩耍。这些孩子都生活在附近的村子里。他们平时在家里需要扫地、锄草、捡柴，还需要打水，只有碰上假日，才能和小伙伴跑出来玩耍。父母告诉他们深海里有吃人的鲨鱼，还有妖怪，如果不小心被抓住，他们就会成为妖怪的奴隶，所以他们只在海滩和水浅的地方玩。

每个小孩子都在沙滩上捡了一堆漂亮的贝壳。有一个小姑娘把自己捡到的最漂亮的那枚贝壳放在了岸边的岩石上，她想：这样就不会被别人踩坏了。孩子们玩够了，就带着自己的贝壳回家了。小姑娘走到半路，突然想起来那枚放在岩石上的贝壳，她焦急地喊道："哦，我把那枚最好看的贝壳忘在岩石上了，你们陪我回去拿吧！"

但是同伴们谁也不愿再跑一趟了，就劝她："你捡了那么多贝壳，少一枚不要紧的。"

小姑娘不愿意，说："可是那枚是最好看的。"

同伴们说："那你自己回去拿吧。我们又累又饿，都想回家了。"

小姑娘没有办法，只好一个人朝海滩走去。为了给自己壮胆，她开始哼唱自己编的歌：

我的小贝壳，晶莹又美丽，
安静地躺在光滑的灰色岩石上，
像月亮一样闪耀着光芒。
我的小贝壳，我怎么能把你遗忘。

小姑娘来到海滩上，看见岩石上坐着一个妖怪，非常害怕。妖怪和蔼地说："可爱的小姑娘，你的声音真好听，再给我唱一遍。"

小姑娘看妖怪不是很可怕，就大着胆子，两腿哆哆嗦嗦地向前迈了一步，又唱了一遍。妖怪拿起岩石上的贝壳，举着，对小姑娘说："你再唱一遍，我就把贝壳还给你。"

小姑娘只好又唱了一遍。唱完后，小姑娘伸着胳膊去拿妖怪手里的贝壳，胳膊却被紧紧地抓住了。

妖怪大笑："哈哈，抓住你了！从现在开始，只要我让你唱歌，你就得唱。"说完，就从岩石后面拿出了一面大鼓。妖怪把小姑娘塞进大鼓里，然后就把鼓皮封上了。

妖怪冲着大鼓说："我的小宝贝，我什么时候打鼓，你就要什么时候唱歌。如果不唱，我就要打你。"说完，他就用胳膊夹着大鼓，往附近的一个村庄走去。

妖怪来到村里的一个草棚下，这里是村民们平时聚会的地方。妖怪坐下来，然后大声喊着："村民们！我这里有一面会唱歌的鼓，只要你们送给我一些食物，我就表演给你们看，还可以让你们伴着歌跳舞。"

人们一听这个鼓这么神奇，纷纷给妖怪拿来了食物。妖怪把村民们拿来的食物全吃完了，一点儿也没给小姑娘留。吃饱喝足，妖怪就开始打鼓，小姑娘听见鼓声，就开始唱歌。

村民们见这鼓竟然真的会唱歌，很惊讶，不一会儿就开始伴着歌跳起了舞，谁也不会想到大鼓里竟然封着一个小姑娘。人们跳累了，就都回家了。

妖怪见没有人搭理他了，就背着大鼓来到了另一个村庄，让村民们给他送酒喝，喝足了之后，就开始打鼓。可是歌声一响起，就有人发现了问题。原来，小姑娘的家就在这个村庄，小姑娘一唱歌，她的父母就听出了这是小姑娘的声音。父亲很着急，很气愤，但是也很理智，说："这个妖怪这么魁梧，我们根本打不过他，而且他还会施展妖术，我们该怎么救出我们的女儿呢？"

母亲说："我有办法。妖怪不是来向大家要酒吗？那我们就给他足够的酒，等他喝醉了，我们就可以把女儿救出来了。"

于是，父亲把家里酿造的好酒全都送给了妖怪，还奉承妖怪说："您真是太厉害了，还有一面这么神奇的大鼓，我从来没有听过这么美妙的鼓声和歌声。"妖怪听见有人夸他，很开心，就喝了很多酒。渐渐地，鼓声越来越稀疏，到最后，鼓声完全消失了，妖怪也醉倒在了地上。这时候，天已经黑了，村民们都各自回家了。

小姑娘的父母悄悄地凑到妖怪身边，迅速地把鼓皮揭开，发现里面的确是自己的女儿。父亲对母亲说："你赶快带着女儿回家，把女儿藏在小屋里。我还有些事，办完了就回去。"

父亲说完，就独自离开了。他先到树林中逮了两条大蛇，接着又从地上挖出一窝咬人的蚂蚁，最后从附近的树枝上捉来一大群马蜂，他把这些东西全都塞进了妖怪的大鼓，然后封好鼓面。

妖怪酒醒的时候，已经是第二天早上了，他本来打算直接离开这里，去一个新的村子。但是有很多村民说自己还想再听一次那美妙的歌声，请求妖怪再打一次鼓。妖怪听着村民们的夸奖，很骄傲，决定再打一次鼓，可是这次无论他怎么敲鼓，他的鼓都不会唱歌了。村民们哈哈大笑，嘲笑他拿的是一面破鼓。妖怪很尴尬，也很生气，他决定打小姑娘一顿。于是，妖怪夹着大鼓，来到树林中一块荒无人烟的空地，恶狠狠地说：“你竟然不听我的命令，现在，我要打你一顿，给你个教训！”然后他气急败坏地揭开了鼓皮。结果大鼓里并没有小姑娘，反而飞出了一窝马蜂，落在他的身上乱蜇；爬出了一堆蚂蚁，在他的脚上乱叮；还爬出了两条毒蛇，狠狠地咬了他几口。

妖怪受不了马蜂、蚂蚁和毒蛇的同时攻击，不一会儿就死了。

第二天一早，小姑娘的父亲出门打猎，在树林里见到了妖怪的尸体，还有那面鼓面掀开的大鼓。可是，等晚上父亲

打猎回来，发现妖怪的尸体和那面大鼓都不见了，而且在那个地方长出了一棵奇怪的南瓜藤。父亲把事情的原委告诉村民们，警告他们不要靠近那片危险的地方。

几个月后，南瓜藤上结出了很多大南瓜。有一天，一群小男孩跑到树林里玩耍。他们见到了这些大南瓜，非常惊奇。他们可从来没有见过这么大的南瓜！一个小孩子说："我们快离开这里吧。大人们说这里是魔鬼之地，别碰这棵南瓜藤！"

年龄最大的那个孩子一脸不在乎，说："胆小鬼。我才不害怕呢，我要摘一个最大的带回家，晚上就吃了它。"

别的小孩子都劝他赶紧走，可是这个大孩子偏不听，他弯腰抓住了南瓜藤，突然，一个大南瓜朝他滚过来，把他撞倒在地。其余的孩子吓得转身就跑，大孩子也挣扎着爬起来，跟着他们往回跑。他们跑了很久，可回头一看，南瓜竟然一直在后面追他们。慌乱中，孩子们跑错了路，边跑边喊："救命呀，救命呀！"一直跑到了河边。河上漂着一艘小船，划船的是一位老人。老人听见孩子们的呼救声，就赶紧把船划到了岸边，孩子们跑上船，对他说："爷爷，有只妖瓜正在追我们。"老人看见有一个南瓜正向这边滚来，赶紧向对岸划，没想到，南瓜竟然滚上水面继续追。

小船到了对岸，孩子们慌张地爬上岸，继续跑。不一会儿，孩

子们就跑进了一个村庄。孩子们跑向一群正在闲聊的老人，哭着对老人们说：“救命呀，救命呀！有只妖瓜正在追我们！”

老人们岁数大了，经历过的事情多，知道妖怪的魂灵常常以瓜为家，相信孩子们真的碰见了妖怪，就赶紧把孩子们藏在了一间小屋的夹墙中间。然后，他们装作什么事都没发生过的样子，坐在树下聊天。大南瓜径直滚到了老人中间，吼道：“把那群小孩子交出来，他们都是我的奴隶！”南瓜在地上滚来滚去，使劲地撞老人的腿，威胁老人们把孩子交出来。

孩子们藏在屋子里，吓得脸色发白，他们听见村长对老人们说：“拿出你们的剑，把南瓜剁碎，杀了这个妖怪！”然后，外面就传来了一阵刀剑和南瓜碰撞的声音，还有妖怪的呻吟声。没一会儿，南瓜就被村民们剁成了碎块。

老人们冲着屋子喊道：“孩子们，出来吧。拿些柴火来，烧死这个妖怪。”老人们和孩子们在村子里点起了大火，把南瓜一块一块地烧成了灰烬。

村长说：“现在，我们得把灰撒到各处，这样，它就没有办法聚合起来了，才能真正消灭这个妖怪。”

孩子们跑到风口，欢呼着把灰烬撒向空中，灰烬随风飞走了。

孩子们安全地回到了自己家，他们眉飞色舞地讲述了消灭妖瓜的事情。很快，周围的村庄都知道妖怪已经彻底被消灭了。那个曾经被妖怪关在鼓里的小姑娘也恢复了正常生活。小姑娘戴着那枚贝壳做的项链，和大家一起跳起了欢快的舞蹈。人们又过上了安静、祥和的生活。

贪心的木匠

从前，卡塔戈有一个木匠，人称“椅子大师”。这位木匠手艺精湛，最擅长的木匠活儿就是制作椅子。经他手做出的椅子美观又牢固。

木匠有一个聪明好学的女儿叫哈里玛，她虽然才五岁，却经常提一些奇奇怪怪的问题，木匠总是被她难住。有一天早上，木匠正像往常一样在院子里锯木头，哈里玛又跑过来问问题了：“爸爸，妈妈说她刚刚见到一只野猫，妈妈又不认识它，怎么知道那是野猫还是家猫呢？”木匠还没来得及回答，哈里玛又提出了新问题：“爸爸，舅舅告诉我大象会在夏天的时候去天上旅游，夏天又闷又热，所以大象会出很多汗。天上掉下来的雨水就是大象出的汗，对不对？”

木匠听见哈里玛天真的问题，正准备告诉哈里玛“那是舅舅在逗你呢”，哈里玛就又有问题了。木匠听着哈里玛的一连串问题很头疼，就对哈里玛说：“你去和小朋友们玩吧，爸爸要干活儿了。等有时间了，爸爸再解答你的疑问，好不好？”

哈里玛知道爸爸要工作了，就自己跑去玩了。她跑出门的时候，发现大家正在嘲笑一个个头矮小的人。哈里玛不忍心看到别人被欺负，就找了个借口替矮人解围："矮人先生，我爸爸想邀请您去我们家里见面。"于是，矮人就跟着哈里玛回家了。矮人礼貌地向木匠询问："木匠先生，请问您要见我，是有什么事情吗？"

木匠请矮人坐下，说："其实是我的女儿想邀请您来家里做客，希望您不要介意。"矮人这才知道哈里玛是为了帮助自己，才找了一个这样的借口。矮人从背后的袋子里掏出一把糖果送给哈里玛，向木匠表示过感谢就离开了。

从此以后，矮人每次路过木匠家时，都会送给哈里玛一些小礼物。一开始，哈里玛很不好意思，后来渐渐地就习惯了，甚至还很期待新礼物。有时候，木匠也会邀请矮人到家里做客，每到这个时候，哈里玛就向矮人提出各种问题，矮人也都会很耐心地解答。

哈里玛对矮人的袋子很好奇，就问他："你的袋子里有烤肉吗？"

矮人说："当然有了，除了烤肉，还有大饼呢。"

哈里玛又问："每次都见你是一个人，你的妻子呢？"

矮人笑着说："她飞走了。"

哈里玛觉得矮人的妻子肯定是变成老鹰了，因为老鹰总是在天上飞来飞去。有一次，哈里玛问妈妈："你能像老鹰一样在天上飞吗？"哈里玛的妈妈说自己不会飞。

矮人其实是一个魔法师。

有一天早上，矮人又来到了木匠家，这次他背上背了一个很大的袋子，他对木匠说："我要回家了，我的家乡离这里很远，短时间内我不会再来了。如果哈里玛问到我，请您告诉她，我和我的妻子一样飞走了。"矮人一直在木匠家待到了黄昏，用完晚餐才离开。临走前，木匠拿出一件很新的长袍，当作临别礼物送给矮人。

矮人请木匠送自己一段路，两人一直走到村外，矮人对木匠说：“很多人都嘲笑我是个小矮子，但是你们一家不这样，你们不仅不嫌弃我，还把我当作朋友，用丰盛的晚餐招待我，你们都是善良的人，我相信老天会保佑你们的。”说完，矮人就蹲下身子，拨开了脚边的草。木匠看见草丛里面只是一块大石头，并没有什么特别的。矮人对着石头吹了一口气，石头就冒起了浓烟，木匠惊得睁大了眼睛。更神奇的在后面，浓烟散后，矮人对石头大喊一声：“金山开门！”石头真的按照矮人的命令从中间打开了，露出一个大洞口，洞里点着灯，从洞口向里看，能看到一大堆金币。

矮人拍了拍呆若木鸡的木匠，说：“木匠先生，非常感谢您和您的家人这段时间对我的照顾，为了表达感谢，我想把这座金库送给您。您每天可以取一枚金币，而且不用担心金币会用完，这些金币可以自己生长。您什么时候想取都可以，如果白天来，您可能会看见金库在发光，但是绝对不会被别人发现。等哈里玛有了自己的家庭，还请您把取钱的事情告诉她。”

木匠跪在地上，对矮人说：“矮人先生，您给我们的礼物太贵重了，真是太感激您了。如果我们有失礼的地方，请您见谅。”

矮人赶紧把木匠扶起来，说：“木匠先生，这是我的酬金，您放心取吧！您想拿钱的时候，只要蹲下身子拨开草丛，再叫一声‘金山开门’就可以了。不过请您记住，一次只能取一枚金币。您现在就可以取了。”木匠听到现在就可以拿金币，就赶紧进去拿了一枚。木匠出来后，听见矮人说“石头关门”，就见大石头又变成了原来的样子。木匠目送矮人离开以后，就激动地往家跑去。木匠把矮人送给他们金库的事情告诉了妻子，却隐瞒了打开金库的口令。两个人兴奋了一整个晚上。

第二天夜里，木匠又来到了石头边，按照矮人告诉他的方法打开金库，果然又拿到了一枚金币。随着时间的流逝，木匠一家的金币越攒越多。半年后，木匠用拿到的金币建了一栋两层高的大房子，他们一家人在新房子里过上了衣食无忧的生活。木匠想："我现在可是有钱人了，而且每天都能拿到金币，我可不想再干又苦又累的木匠活儿了。"于是他就把自己做工的工具都卖给了别人。

后来，木匠又买了很多农田和牛羊，雇了很多人帮他种田、养

牲口。现在的木匠出门时穿着华丽的绸缎衣服，身边跟着很多随从，人们碰到他都尊称一声“老爷”，再也没有人叫他“椅子大师”了。

人们看到木匠不再做椅子，而且手里的钱越来越多，开始疑惑他的钱是哪里来的。这么多的财富更是引起了村长和一些富人们的嫉妒，但是谁也没有办法弄明白木匠是怎么富起来的，所以村长和富人们开始奉承讨好木匠，希望能从木匠身上得到一些好处。如此一来，本就嚣张的木匠更加放肆了。他现在觉得自己是人上之人，更加看不上其他人了。

有一天，木匠照常去金库里取金币，看着金灿灿的金币堆，木匠心里痒痒的，他想：“我现

在家大业大，除了供家人吃穿用度，还要支付仆人们工钱，开销越来越大，反正金库里这么多钱，我多拿一枚应该也没事。更何况我每天来拿金币这么辛苦，一枚金币可不够。”于是，木匠忐忑不安地取走了两枚金币。等他出了金库，看到一切正常，长叹一口气，说：“我就说没事吧，矮人果真在骗我。”从此以后，木匠变成了每天取两枚金币。

一个月后，木匠又有了新想法：“我现在可是大富翁了，两枚金币怎么够花？我拿两枚金币没事，再拿多点肯定也行，反正我已经知道矮人是在骗我了。”于是，他这天去取金币的时候就带了两个大麻袋。他打开金库门以后并没有着急装钱，而是坐在洞外的草地上思考这笔钱该怎么花，他想：“我要建一栋更大更豪华的房子。”打定主意后，他就乐呵呵地从草地上爬起来，赶紧拿着麻袋进金库了。他打开一个麻袋，正弯腰准备往里面装金币，就听见一声巨响，然后就晕过去了。

木匠醒来，发现自己躺在一片荒草里，周围什么都没有。他找了半天，也没有发现金库的踪影。他只好拿着两个空麻袋失魂落魄地回家了。

第二天一早，木匠又去寻找金库的踪迹，结果什么也没有找到。木匠一家虽然没有了金币，但还是想过富贵的生活，只好变卖家里的财产，最后连房子也卖给村长了。一年不到，木匠又变成了一个穷人。

水手贝昂迪亚克

贝昂迪亚克很小就开始了航海生活。他随父亲跑遍了整个印度洋，没有一个岛屿他不知道，没有一处海岸他没有停靠过。

天气好的时候，小船挂起帆，轻盈欢快地被和煦的海风吹着前行。他们也曾多次遇到飓风，但是，贝昂迪亚克从来没有害怕过，哪怕是当小船被狂风卷走，在暴雨中的浪涛里漂荡的时候，他也是镇定自若。

父亲临终时，让贝昂迪亚克向他起誓永远航行下去，贝昂迪亚克遵从了父亲的遗愿。

从此，贝昂迪亚克便成了小船唯一的主人。他划起船就出发，真可以算是方圆几百海里以内最熟练的水手了。

他的名字传到了莫桑比克海峡沿岸的伊南杜哈国。这里的国王虽然很富有，但是由于他的两个爱女在海滩上失踪后一直没找到，变得忧愁万分。人们在海滩上拾到了他的两个女儿的两件半截的衣裳，一件是玫瑰色的，一件是蓝色的。这两件东西就像是告诉国王，他的两个女儿还活着。

国王已央求过大海周围的许多国家帮忙，但是都没有结果。当他听到人们称赞贝昂迪亚克是独一无二的好水手时，就赶紧派人去找贝昂迪亚克。恰好，这时贝昂迪亚克驾着他的小船来到了伊南杜哈。

国王向贝昂迪亚克许诺，如果贝昂迪亚克能够找到他的两个女儿，他就用金子堆满他的船舱。

对于国王的诺言，水手一句话也没说，但当国王要他一起乘大船出海时，贝昂迪亚克说："我把我的小船留在伊南杜哈，可是，我不能长久地离开我的小船，最多不能超过六个月。六个月后，不管我找得到还是找不到你的女儿，也不管我们是在海上还是在陆地上，我都要离开你。到时候，我一秒钟也不多留，什么事情也不能阻挡我。"

国王和大臣们商量了一下，同意了。于是，国王的大船出海了。

他们查看了所有的海岸和大洋里的每一个岛屿。时间过得很快，在他们出发五个半月的时候，贝昂迪亚克说他快到回去的时候了。

但是这时，风突然停了，靠风前进的大船自然也就停了下来，它的身影映照在几乎静止的水面上。桅杆上的风帆变得松松软软，缆索刺耳的撞击声也消失了。

又是两天过去了，还是一丝风都没有，大船仍然在海面上反照着自己的身影。

一天早晨，贝昂迪亚克突然对国王说："我要马上离开你。"

"这周围没有一块陆地，你去哪儿呢？"

"没关系，就是游，我也要游回到我的小船上去。如果可以的话，请你放下一只小船，装上一小桶淡水和一把香蕉，我一定会到达陆地的!”

国王按照他的要求办了。

连续三天，贝昂迪亚克划着小船，几乎没有休息。一天晚上，他实在太累了，把桨放好就睡着了。待到天亮，他觉得小船被什么东西一撞，便醒了。原来小船搁浅在一片沙滩上，微风摇动着岸边椰子树的叶子。

由于困意未消，他又睡着了。过了一会儿，他被说话声惊醒了。

他站起来，跳到沙滩上，发现这是一个他不认识的小岛。沙滩上有两个模样相像的姑娘，一个姑娘身上穿着半截玫瑰色衣裳，另一个穿着半截蓝色衣裳。

“你是谁?”一个姑娘问。

“你从哪儿来?”另一个姑娘问。

贝昂迪亚克已经猜出他们是伊南杜哈国王的两个女儿。可是，他还是谨慎地回答:“我曾经在一艘大船上，后来，这艘大船沉海了，我划小船到了这里。”

“那你赶快回到你的小船上去吧。”穿玫瑰色衣裳的女孩说，“这个岛是属于巨翼魔的，他一定会吃掉你的。”

“有一天，我们正在海滩上玩儿，他就把我们抓来了。”另一个姑娘说，“我们当时仅有一点时间，急忙撕掉了一半衣裳，好留给父亲作纪念。”

“他从来没有对我们不好，但是，我们知道，他早晚要吃掉我们的。你赶快离开这里吧，他一看到你，就会吃掉你的。”

“我不害怕。”水手说，“把我带到他面前去吧。”

“他出去猎食还没有回来，”姑娘们说，“你赶快逃命吧，他巨大的翅膀一转眼就会把他送回来的。”

“我等着他。”水手说。

过了不一会儿，一阵狂风吹得树叶飘落，树枝疯狂地乱舞，巨翼魔回来了。他在远处就看见了沙滩上的小船，因此，当他看到贝昂迪亚克的时候，没有表现出任何惊奇。他非常大，全身漆黑，巨大的翅膀有着夜空蓝色的光彩。他没有脸，头部戴着一个猫头鹰面具。

“我非常荣幸能接待你这样伟大的航海家。”他说，“可是，我今天没找到任何东西来做我的早餐，你来得正好。”

“非常愿意。”水手礼貌地说，“但是，在你吃我之前，为使你增进食欲，我先教给你一种游戏。你以后还可以用它来消愁解闷儿。”

这种游戏非常有吸引力，任何人学会了，都会不顾一切地玩个不停。贝昂迪亚克找来了一些小石子和一些植物种子，他用从船上拿下来的一根铁棍在沙地上挖了几个坑。

他向巨翼魔交代了一下游戏的规则。按照这种规则，一方要用种子和另一方摆在几排平行的坑里的小石子相交换。

巨翼魔表现出极大的兴趣，因为他从来没有玩过什么游戏。“好好看着，”他对两个姑娘说，“等我把这个人吃了以后，咱们来玩。”

“非常愿意。”水手还是这样说，“可是，你听着，我向你提一个条件。如果你能赢我三次，你就吃我；但如果我赢了你，我就用这根铁棍在你的太阳穴上轻轻敲一下。这样做，仅仅是为了让你能够把游戏的规则更好地记在脑子里。”

巨翼魔愚蠢得很，他同意了。他认为自己有着善于钻研的精神，深信自己绝不会输给贝昂迪亚克。

他们开始玩游戏，巨翼魔输了第一回、第二回，又输了第三回。

“有几处小小的地方，你还没有弄懂。”水手说，“你弯下一点腰……哎呀，你可真大。我用这根棍子稍微碰一下你的脑袋，你以后就会明白了。”

巨翼魔弯下了腰，贝昂迪亚克举起了铁棍，对准他的脖子后面砸了下去。巨翼魔巨大的翅膀抖动了一阵，树枝、树叶就像大风吹过一样到处飞扬。不一会儿，巨翼魔喘了最后一口气，不动了。

“我们得救了！我们得救了！”两个姑娘异常高兴地喊叫着，“你把我们救出来了，你能不能把我们带回到我们的父亲那里去呢？带我们走吧！”她们恳求着。

“你们应该在这儿等我一下，”水手说，“现在你们不必再害怕了。你们应该回到你们父亲的大船上去，而不是到我的小船上来。请你们把剩下的两件半截衣裳交给我吧，好让你们的父亲明白我对他说的不是假话。”

上船之前，贝昂迪亚克从巨翼魔身上拔了一根羽毛，随后把巨翼魔扔进海里。他把两件半截的衣裳拴在大羽毛上，于是，一面美丽的玫瑰色和蓝色的船帆鼓满轻盈的风推着小船前进了。

三天后，接近傍晚的时候，由于太累，他睡着了。第二天早晨，他感到船被撞了一下，便醒了。原来，他的小船撞到了一直未动的大船上。

国王从老远就看到了玫瑰色和蓝色的风帆，心里充满了希望。

在贝昂迪亚克向他叙述了自己的新奇经历之后，国王更确信不疑了。

但是，在他的高兴劲头儿稍微平息一点儿之后，他又开始失望了，因为这时，风就是固执地不肯刮起来，没有风，大船还是走不了。

贝昂迪亚克看了看远方，他看到的情况使他信心十足地对国王说：“我们明天出发！”

第二天早晨，缓缓的波涛涌起，轻轻地摇荡着大船，缆索也开始撞击作响。大船鼓满风帆前进了，贝昂迪亚克掌着船舵。

当国王从远处看见他的两个女儿好端端地坐等在海滩上，他太激动了，以致昏了过去。

贝昂迪亚克用什么办法都没能使国王马上恢复神志。由于时间紧迫，而且贝昂迪亚克坚持不能再多待下去，所以大船赶紧返回伊南杜哈。

尽管两个女儿流了很多眼泪，费了很大心血，国王还是在甲板上双眼紧闭，然而，他还在呼吸，也还有希望。

大船一靠岸，在人们的欢呼声中，国王最终苏醒过来了，他的第一句话就是问贝昂迪亚克在哪儿。

但是，贝昂迪亚克早已乘上自己的小船出发了。到这一天为止，六个月的时间正好到期。

小船的风帆永久地消失在了远方，人们再也没有看见过贝昂迪亚克。

三兄弟

从前，有个人攒了三百个列阿尔，藏在盥洗间的地板底下。

这个人患了很严重的病，他想把钱留给孩子们，但是他有三个孩子，三百个列阿尔肯定不够分。于是他想了一个主意。他把大儿子叫到自己的跟前，对他说："孩子，我应该是快要死了。这些年，我攒了一些钱，但是只有三百个列阿尔，就藏在盥洗间的地板底下。我想把这些钱都留给你，你不要把这个秘密告诉你的兄弟们。不过，你若想要得到这笔钱，就要先去苏丹穆里希那里，只有得到他的奖赏，这笔钱才能给你。"

接着，他又把同样的话讲给了二儿子和小儿子听。这样，三个儿子都以为父亲偏爱的是自己，所以才会把钱全部留给自己。

没过多久，父亲就去世了，儿子们为父亲举办了葬礼。有一天晚上，大儿子趁天黑偷偷到盥洗室，挖走了父亲留下的钱。等到二儿子找来的时候，什么也没有找到，二儿子想：父亲肯定在骗我。小儿子也没有挖到钱，他想：父亲肯定不会骗我，一定是有人偷偷把钱拿走了。

第二天早上，小儿子对他的两个哥哥说："父亲去世前，告诉我盥洗室的地板下面有三百列阿尔，我去看了，结果什么也没有找到。”

二哥说：“我也一样。”

大哥也说：“我也一样。”

三弟听见哥哥们这样说，就接着发表自己的看法：“不过父亲对我说了，我们只有得到苏丹穆里希的赏赐，才能去拿这些钱。现在我们还没有得到赏赐，不应该去拿那笔钱。我们应该先去完成父亲的嘱托。”

于是，兄弟们就带着干粮和水，一同出发去找苏丹穆里希了。

三兄弟在路上看见了一路脚印，大哥说：“这应该是一匹骆驼的脚印。”

二哥仔细看了看骆驼的脚印，接着说：“骆驼身上应该驮着铁棍。”

三弟说：“这匹骆驼从这过去已经一小时了。”

三兄弟继续往前走，遇见了一个年轻人。年轻人问：“你们见过一头牲口吗？”

大哥问道：“你说的牲口是匹骆驼吗？”

“是的。”

二哥又问道：“骆驼身上是不是驮着铁棍？”

“是的。”

弟弟也问道：“它走丢多久了，是一小时吗？”

“是的。”

三兄弟告诉年轻人：“骆驼从我们来的那条路上走过。”然后又继续赶路了。

他们准备在路边的一棵树下休息一会儿，此时又在树下看到了一些脚印。

大哥说："之前，有人在这里休息过。"

二哥说："应该是个女人。"

三弟说："没错，这个女人应该还带着一个孩子。"

三兄弟歇息了一会儿就继续赶路了。他们走了没多久，就碰到一个过路人。

过路人问三兄弟："你们在这里见有人走过吗？"

大哥问："你是在找一个女人吗？"

"是的，先生。"

二哥问："她是不是戴着金手镯？"

"没错，先生。"

三弟问："女人是不是带着孩子？"

"对，先生。"

三兄弟对过路人指了指他们刚刚休息的那棵树，说："她在那儿休息过，我们刚刚从那儿过来。"说完，他们又继续赶路了。

三兄弟终于到达了苏丹穆里希的家。苏丹热情地接待了他们，让他们住在自己家里，还给他们提供了丰盛的晚餐。等仆人把大米饭和山羊肉端上来以后，大哥却说："这大米饭有问题。"

二哥说："这山羊肉也有问题。"

三弟更加犀利地说："苏丹这个人也有很大的问题。"

仆人们偷偷跑去把三兄弟的谈话告诉了苏丹。

苏丹很生气，让仆人把三兄弟叫过来，质问他们说：“我热情地招待你们，你们为什么要骂我？”

三兄弟很奇怪：“我们什么时候骂你了？”

苏丹还没有回答三兄弟，就有一个年轻人找上门了，年轻人向苏丹控告三兄弟偷了他的骆驼。

苏丹问三兄弟：“你们为什么要偷骆驼？”

三兄弟很奇怪，说：“为什么说我们偷了他的骆驼？有人看见了吗？”

骆驼主人回答说：“肯定是他们，我找骆驼的时候碰到过他们三个，如果不是他们偷的，他们怎么知道我找的是骆驼？还知道我的骆驼驮了铁棍？”

苏丹问：“你们怎么解释这些问题？”

大哥说：“我们只是看到了脚印，凭借脚印判断出那是骆驼。”

二哥说：“我看地上的蹄子印迹很深，知道它肯定驮了很重的货物，应该没有什么东西比铁棍还重吧？”

弟弟说：“我问你骆驼是不是已经丢了一小时，是因为骆驼的蹄子印上面还有一些脚印，我们碰见过一队人，却没有见过骆驼，所以骆驼肯定是一小时之前从那里过去的。”

苏丹听完三兄弟的解释，对丢骆驼的人说：“不是他们偷了你的骆驼，你去别处找吧。”

接着，又有人来控告三兄弟把他的妻子拐走了。苏丹问三兄弟：“这是不是你们干的？”

三兄弟异口同声地说：“不是我们。”

“如果不是，你们怎么会知道我在找妻子，还知道我的妻子手上戴着金镯子，抱着孩子？”

大哥说：“我只是问你是不是在找一个女人。你就凭这个说我拐走了你的妻子吗？”

二哥说：“至于你说的金手镯，是因为我在树下看到了，不过我可没有动它。”

三弟说：“女人肯定不会自己把镯子扔了，肯定是孩子在拿着母亲的镯子玩耍，结果不小心掉到了地上，母亲没有发现。”

苏丹说：“这些信息都是他们推测出来的，不是他们拐走了你的妻子，你走吧！”

听了三兄弟这一连串的回答，苏丹已经不在乎三兄弟的出言不逊了，他现在只想知道他们为什么说“有问题”。苏丹问：“你们为什么说米饭有问题，山羊肉有问题，我也有问题呢？”

大哥回答：“这米饭的米粒又长又粗，只有特别肥沃的土地上才会长出这样的稻米，一般来说就是在坟地上。”

二哥说：“一般山羊肉不会很肥，而你看盘子里的山羊肉，特别肥腻，所以我推测这只山羊不是母山羊喂大的。”

弟弟说：“您的容貌让我觉得您的身世有问题。”

苏丹非常生气，他把仆人叫来，问他大米是在哪长的，山羊是怎么喂大的。

仆人回答：“老爷，稻子是从坟地上收割的。山羊从小是吃母驴的奶长大的。”

苏丹现在相信三兄弟的话都是真的，于是他向母亲求证自己的

身世，母亲说：“我的儿子，你的父亲的确不是已故的苏丹，而是贝陀因人，他是我的第一任丈夫。”

苏丹想：“他们真是太聪明了，估计没有比他们更聪明的人了。”于是，苏丹大方地赏赐了他们很多钱财，还送给他们三匹好马，让他们骑着回家。但是，苏丹害怕三兄弟泄露自己的真实身份，就送给三兄弟三件红衣服，派人在回去的途中杀死他们。

苏丹派自己的三个儿子去送一送三兄弟，为了避免误伤，还特意命自己的儿子穿上白色的衣服。三兄弟猜测苏丹会派人杀了自己，就对三个王子说：“红色象征着苏丹的权力，我们没有资格穿红色的衣服；而且我们的父亲刚刚去世，我们应该穿白色表示敬重。我们交换一下衣服吧。”

王子们觉得很有道理，就同意了三兄弟的建议。士兵们收到国王的命令，杀死了三个穿红衣服的人。苏丹的三个王子就这样死了，而三兄弟骑着马平安地回到了家。

三兄弟回到家后，大哥交出了父亲留下的三百个列阿尔，请求母亲和弟弟们原谅他。就这样，兄弟们从苏丹穆里希那里得到了赏赐，也继承了父亲的遗产。

法官选亲

很久以前，有三名正义的法官，他们齐心协力地为民众服务，帮助大家解决了很多难题。

随着时间的流逝，这三名法官渐渐变成了白胡子老头。其中一位大法官十分聪明而且尤其乐于助人，人们有问题都会向他寻求帮助，就连另外两名法官也经常向他请教问题。这位大法官有一个聪明美丽的女儿，而另外两个法官家的孩子都是男孩。这三个孩子从小一起长大。渐渐地，孩子们都到了结婚的年龄。这两名法官都有心为自己的儿子求娶大法官家的女儿，但他们并没有向对方提起过这件事。

有一天，一位法官派人去大法官家提亲。大法官并没有直接给予回复，而是请提亲的使者先行用餐。很巧的是，另一名法官也在同一天派人请求迎娶大法官的女儿。大法官只好也请另一位使者先用餐。第一位使者用完餐后，再一次提出了自己的请求。大法官考虑了一下，对使者说："我愿意接受这门亲事，希望您能用三个月的时间做好结婚的准备。"然后这位使者就离去了。大法官给了第二位使者同样的答复。

两位法官得到了使者的回复，便开始嘱咐自己的儿子为结婚做准备。一位法官说："三个月时间可不长，准备的东西一定要符合大法官的心思。他肯定是想让我们准备一套像样的房子。这样一来，你们能住得舒适，又让人羡慕。你赶紧去买一块地皮，然后建一套漂亮结实的房子。"

另一位法官却有不同的想法。他对自己的儿子说："姑娘的父亲肯定是想为自己的女儿寻找一位优秀的丈夫。你现在虽然有一些成就，但是见识还不够宽广。儿子，我希望你能够用这三个月的时间出去游历一番，这样既能开阔视野，也能够结交更多的朋友。我相信三个月后，你会变得更加成熟稳重。这才是姑娘的父亲最想要的'婚前准备'。"

三个月的时间很快就过去了。两位法官分别派人去向大法官陈述婚礼的准备工作。

大法官得到消息后，便设宴邀请了当地的一些老人。大法官在宴席上向老人们讲述了自己面对的难题，希望老人们能够给自己一些建议。这可把老人们难住了。

老人们说："这两位都是您的好朋友，也都为结婚做了很多准备，这可真是一件不好处理的事情。一直以来，都是您为我们解决难题，我们都很想帮助您。但是像您这样聪明的人都没有办法，我们更不知道该怎么办了。"

大法官思考了很久，终于拿定了主意。于是对老人们说："房子虽然看起来很牢固，但是它抵不住洪水，也挡不住飓风，更经不住大火的焚烧。一个人的本领、眼界、涵养和结交的朋友才是更重要的，这些东西虽然看不到、摸不着，但是这些品质不会被摧毁和磨灭，能够在困境中赋予我们坚持下去的勇气和战胜困难的力量，这才是最坚固的东西。所以我打算把女儿嫁给那位愿意外出游历的年轻人。”

老人们都非常赞成，说：“我们支持您的决定，您不仅为自己的女儿选择了一门好亲事，也教给了我们一些道理，您真是太睿智了。”

嫉妒的朋友

从前，有两个年轻人是好朋友。他们一起来到了一个新的国家，各自找到了心爱的姑娘，结了婚，还各自盖了房子。

其中一个年轻人有一个特别的宝贝——一个装满油的牛角，这个牛角有神奇的魔力。

一天早上，这个年轻人对自己的朋友说："明天跟我一起去河边钓鱼吧！"

"好啊！"朋友爽快地答应了。

第二天清晨，他们带着那个神奇的牛角，早早来到了河边。

"我要下水去捉鱼了，"拥有牛角的年轻人对朋友说，"太阳落山时我才会回来。你要帮我一个忙——当我下水时，请你拿着这个牛角，让它开口朝下。但是等太阳快要落山的时候，你要把牛角翻过来，让开口朝上，这样我才能从水里出来。"

"放心吧，我会照做的。"朋友保证道。

太阳刚刚升起，年轻人就潜入水中。朋友按照嘱咐，拿着牛角，让开口朝下。快到黄昏时，朋友把牛角翻转过来，让开口朝上。果然，年轻人从水里出来了，带着满满一网的大鱼！

“哇！这么多鱼！”朋友惊叹道。

拥有牛角的年轻人很慷慨，把一半的鱼分给了朋友。就这样，每天清晨，两个年轻人都会去河边。年轻人下水捉鱼，朋友帮忙拿着牛角。晚上，他们带着大量的鱼回家，让各自的妻子烹饪美味的晚餐。

日子一天天过去，两家人都过得很幸福。但渐渐地，朋友的妻子开始不满足了。

一天晚上，朋友的妻子问丈夫：“为什么你朋友带回家的鱼总是比我们的大呢？”

“哪有的事？”朋友回答，“我们带回家的鱼已经比村里其他人的大多了，足够我们吃的。”

但他的妻子不依不饶：“你太老实了，被你朋友欺负了。他肯定是把小鱼都分给了你，大鱼自己留着。”

朋友开始怀疑自己的好友，心里也不舒服起来。

一天晚上，拥有牛角的年轻人从水里出来，把捕获的鱼放在沙滩上。他像往常一样把鱼分成两堆，但因为数量不能平均分配，他就把多出来的一条鱼放在了自己那堆。

朋友看到这一幕，心里更加确信妻子的话是对的：“原来如此！我妻子说得没错，他真的在欺负我！”

朋友内心充满了愤怒，但什么也没说。

第二天下午，当太阳快要落山的时候，朋友没有像往常一样把牛角翻转过来让开口朝上，而是故意让它一直开口朝下。结果，年轻人无法从水里出来，最终溺死在水中。

牛角也因此失去了魔力。从那以后，朋友和他的妻子再也吃不到又大又多的鱼了。

这个故事告诉我们，嫉妒和怀疑会毁掉友谊，而且往往也会伤害到自己。

求　雨

在非洲东部，有一片广袤的森林。很久很久以前，在这片森林深处住着一对父子。父亲名叫奥利弗，儿子叫大卫。

大卫的母亲在生下他时不幸去世了。伤心欲绝的奥利弗带着刚出生的孩子远离人群，来到人迹罕至的森林深处，搭建了一间简陋的木屋，就这样开始了他们隐居的生活。

“爸爸，为什么只有我们两个人住在森林里？”小大卫常常天真地问。

“因为这里安静，没有外面世界的吵闹和烦恼。”奥利弗总是这样回答。

在父亲的悉心照料下，大卫健康快乐地成长。奥利弗教会了大卫生活中的一切技能：如何走路说话，如何在森林中辨认方向，如何打猎钓鱼，甚至如何读书写字。虽然大卫从未见过其他同龄人，但他和父亲的关系十分融洽。奥利弗温和善良，对儿子充满了爱，而大卫也是个聪明懂事的孩子。

时光飞逝，大卫很快长成了一个英俊的十八岁少年。他完全掌握了父亲教给他的一切知识和技能，成了一个能干的年轻人。

就在这时，距离森林不远的安加王国遭遇了一场可怕的灾难——持续了一年多的干旱。天空中久久不见云朵，大地干裂。

“我的麦田都干枯了！”农民们哀叹道。

“河水越来越少，我们的牲畜快要没水喝了！”牧民们忧心忡忡。

很快，饥荒开始在整个安加王国蔓延。人们饥肠辘辘，动物们也奄奄一息。

面对这场灾难，安加国王十分着急，他召集了王国中最有智慧的长者们，寻求解决办法。

“我有一个主意，”第一位智者说，“让所有拥有驴子的人每天去海边取两袋海水回来浇灌农田。”

“不行不行！”第二位智者立刻反对，“海水里的盐分太高，会把农作物都浇坏的！”

“那么，”第三位智者提议，“我们可以把所有动物都赶出王国，这样水就都留给人类和农作物了。”

国王摇摇头：“这样做太残忍了，而且也不能从根本上解决问题。”

大家都沉默了，因为他们知道，只有天降甘霖才能真正拯救干涸的土地。

这时，一位头发花白、胡须及胸的老智者站了出来：“陛下，根据古老的传说，如果我们能找到一个心灵纯洁、未被世俗污染的年轻人，把他带到安加的土地上，雨水就会从天而降。”

这番话引起了大家的共鸣，所有的智者都点头称是。问题是，到哪里去找这样一个纯洁无瑕的年轻人呢?

“我知道有这样一个人,”老智者若有所思地说,“他叫大卫,和父亲住在森林深处。大卫从小与世隔绝,从未接触过外界的诱惑与欲望,他正是我们要找的人。”

老智者原来与大卫的父亲来自同一个村庄,知道他们父子俩的故事。

“但是,”老智者皱起眉头,“大卫的父亲一定不会让我们带走他的儿子。他带大卫去森林就是为了远离人群,过平静的生活。”

国王思索片刻,眼睛突然一亮:“我有办法了!我的女儿艾莱妮是王国中最美丽、最聪明的姑娘。如果我告诉她这件事,她一定能想出办法把大卫带回安加。”

国王立即将女儿召来,把事情的来龙去脉告诉了她。

“所以我需要你去森林里找到这个叫大卫的年轻人,说服他跟你回安加,这样我们的国家才能下雨。”国王说。

“大卫长什么样子?他英俊吗?”公主好奇地问。

“这不重要,”国王有些不耐烦,“你是去找他来救国家的,不是去找未来的丈夫。”

公主艾莱妮点点头,很快准备好行装,踏上了寻找大卫的旅程。老智者虽然不知道大卫具体住在哪里,但大致指引了方向,并特别叮嘱:“一定要避开大卫的父亲,否则他会阻止大卫离开的。”

经过几天的跋涉,艾莱妮终于来到了那片森林。她下了马,从行李中拿出最华丽的礼服换上,独自走进森林中。

突然,她听到说话声,赶紧躲在一棵大树后面。原来是大卫和他的父亲在说话。

“我出去采些水果，日落前回来。”父亲对大卫说完，就离开了木屋。

大卫则开始打扫屋子，生火烧水，做着父亲交代的家务。

艾莱妮确定大卫的父亲走远后，才轻手轻脚地走向木屋。

“你好！”她站在门口轻声打招呼。

一个黑色卷发的年轻人探出头来，看到公主时，惊讶地睁大了眼睛。那双眼睛清澈明亮，仿佛能看穿人心。

“他真是太英俊了！”艾莱妮心想，感觉自己的脸颊发烫。

大卫也惊呆了。除了父亲，他从未见过任何人，更别说是这样一个美丽的女孩子。她的长发如波浪般垂落在肩头，华美的礼服闪闪发光，露出的小脚比他的粗大脚掌精致多了。

“请问……你是谁？”大卫礼貌地问道，因为父亲教导过他要有礼貌。

“我叫艾莱妮，来自安加王国。”公主微笑着回答，“你叫什么名字？”

“我叫大卫，和父亲住在这里。”大卫腼腆地回答。

大卫邀请公主进屋，为她提供了食物和水。就这样，两个年轻人像老朋友一样聊了整整一下午。公主还教大卫玩捉迷藏游戏，他们在树林间追逐嬉戏，欢声笑语不断。他们为对方编织花环戴在头上，玩得不亦乐乎。

太阳渐渐西沉，艾莱妮这才惊觉时间过得太快了。

“天啊，我得走了！”公主看着即将落山的太阳，急忙说道。大

卫的父亲很快就会回来，她不能被他发现。

公主拎起裙边，像只灵巧的羚羊跑进了森林。

“等等！”大卫在后面喊道，“我父亲马上就回来，你可以见见他，他一定会喜欢你的！”

但公主已经消失在茂密的树丛中。大卫感到莫名的失落和孤独，这是他从未有过的感觉。

当天晚上，大卫把下午发生的事告诉了父亲。奥利弗听后眉头紧锁，严肃地警告儿子：“大卫，你要小心。如果你继续见那个女孩，她可能会把你带走，带到很远很远的地方去。谁知道你会被带到哪里呢？”

几天后，奥利弗又不得不外出寻找食物。临行前，他再次叮嘱大卫要小心那个神秘的女孩。但父亲刚一离开，大卫就忍不住想见到艾莱妮。

公主其实一直藏在附近观察着，看到机会来了，她立刻现身，来到大卫面前。大卫高兴地拥抱了她，两人又开始了愉快的交谈和游戏。

这一次，艾莱妮决定向大卫坦白她来访的真正目的。

“大卫，我必须告诉你一件事，”她认真地说，“我的国家安加正在遭受可怕的干旱。一年多没下雨了，河流干涸，庄稼枯萎，人们快要饿死了。”

“这太可怕了！”大卫关切地说。

“是的，非常可怕。”艾莱妮继续说，“根据古老的传说，只有一个心灵纯洁的年轻人踏上安加的土地，才能让雨水重新降临。大卫，你就是那个人！”

“我？”大卫惊讶地问。

“是的，就是你！”艾莱妮握住他的手，“只要你跟我回安加，就能拯救成千上万的人！”

大卫陷入了两难境地：“我很想帮忙，但如果我父亲回来找不到我，他会非常担心。我应该等他回来，向他解释清楚后再跟你走。”

艾莱妮知道，一旦大卫的父亲回来，他绝不会同意大卫离开。她必须现在就说服大卫。

“大卫，如果你现在就跟我走，你可以娶我为妻，”公主眼中含着泪水恳求道，“我爱上你了，我想你也爱我。如果你娶我，你会成为王子，人人都会认识你。等安加下了雨，我们就回来找你的父亲。到时候你可以用你的财富为他建造一座豪华的房子，让他过上更好的生活。求你了，跟我走吧，现在就走！”

看着公主楚楚可怜的样子，大卫的心软了。他收拾了简单的行李，给父亲留了一封信，就跟着艾莱妮踏上了前往安加的旅程。

神奇的事情发生了！大卫的脚刚刚踏上安加的土地，天空中就聚集起乌云，豆大的雨点从天而降。这是一场多么及时的甘霖啊！

安加的人们都从屋里跑出来，欢呼雀跃，在雨中又唱又跳。他们伸出手掌接住雨水，感谢上天的恩赐。干涸的河床重新被水填满，枯萎的植物恢复了生机。

国王欣喜若狂，安加终于得救了！他准备了一大袋金币作为对大卫的感谢。但当他看到女儿和大卫互相凝视的眼神时，他明白了一切。

“我决定把我的女儿艾莱妮许配给大卫，”国王宣布，“这位纯洁的年轻人不仅拯救了我们的国家，还赢得了我女儿的心。”

全国上下都来庆祝这场盛大的婚礼，为他们的公主和大卫欢呼喝彩。

国王还派人去森林里接来了大卫的父亲。起初，奥利弗对儿子的离开感到生气和失望。但当他看到大卫和艾莱妮在一起时幸福的样子，以及大卫如何成为安加王国的英雄时，他的心也软了下来。

“我的儿子，”奥利弗拥抱着大卫说，“你做出了正确的选择。你不应该像我一样把自己藏在森林里，而是应该用你的纯洁之心去帮助他人。”

大卫和艾莱妮为奥利弗在王宫旁建造了一座漂亮的房子，三人从此幸福地生活在一起。而安加王国在大卫到来后，再也没有遭受过干旱，成为非洲非常富饶的国家。

骄傲的狮王与神圣的大树

在非洲广袤的大草原上，住着许多动物。他们有个国王，是一头名叫吉甘迪的强壮狮子。

在动物王国的中心，有一棵非常特别的大树，它是整个森林中最高大、最茂盛的树，树冠直插云霄，枝叶繁茂，能遮天蔽日，大家都叫它“神树”。据说神树里住着一位慈爱的精灵，保佑整个森林的平安与丰收。

“神树是什么样子的呀？”你可能会问。

这棵神树就像是一个绿色的巨人站在大地上，粗壮的树干需要好几头大象才能围得起来，树冠伸展得像一把巨大的绿伞，每当微风吹过，树叶就会沙沙作响，仿佛在轻声述说着古老的故事。

每年，动物们都会聚集在神树下举行盛大的祈福仪式。大象、长颈鹿、斑马、羚羊、狒狒……他们祈求精灵保佑这一年风调雨顺，草木茂盛，食物充足，河水丰沛，让所有动物都能幸福安康地生活。

一天，狮王吉甘迪召集了王国里所有的动物，对他们宣布：“听着，不管你们是爬的、飞的、跳的，还是跑的，你们全都是我的臣民！”

动物们齐声回答："千真万确！从最大的大象到最小的蚂蚁都认可您就是我们伟大的国王，是所有生灵的统领者！"

吉甘迪满意地点点头："很好，既然你们都承认我是国王，那我现在要宣布一项决定——我要用神树的树干制作一个国王宝座！"

"什么？"动物们大吃一惊，纷纷惊呼起来，"不可以啊！天啊！"

"你们有意见？"狮王威严地环顾四周，"说出来！"

大家都吓得缩成一团，没有一只动物敢开口。只有一只鬣狗，又笨又不会看眼色，壮着胆子说："尊敬的陛下，神树是精灵的家啊！我们不能砍它。如果神树被砍倒，精灵会生气的，我们的王国会遭遇大灾难！"

"过来，大声点说，让我听清楚你在嘀咕什么。"狮王眯起眼睛，怒气冲冲地说。

可怜的鬣狗低着头，夹着尾巴，小心翼翼地向前走了几步。他还没来得及重复刚才的话，狮王就一爪子将他拍倒在地。

"看到了吗？这就是反对国王命令的下场！"吉甘迪向所有动物咆哮道，"还有谁不同意我的决定？"

"没有了，陛下！"动物们害怕地回答，"我们完全听从您的命令！"

"很好。"狮王转向他的木匠，一只名叫博科莫的老狒狒，"博科莫，你负责这项工作。我命令你三天之内，用神树给我做一个宝座！记住，宝座必须配得上我的威严和地位！"

博科莫无可奈何，只能听从国王的命令。在动工前，他先焚烧了一些香木，让全身都沐浴在香气中，然后才扛起斧头来到神树下。他双手合十，诚恳地祈祷："尊敬的神树，善良的精灵，请原谅我！

伤害你们不是我的本意，我只是在执行国王的命令。请上天见证，我是多么不情愿啊！”

当斧头第一次砍在树干上时，一只白色的鸟儿从树冠中飞出，盘旋着发出一声悲伤的鸣叫，然后消失在远处的天空。

“精灵离开了，”博科莫心想，“他带走了对我们的祝福。”

几小时后，神树轰然倒地，发出震耳欲聋的巨响，大地为之颤抖，连狮王吉甘迪也被这可怕的声音吓了一跳。

紧接着，整个森林陷入一种令人毛骨悚然的寂静，好像所有生物都在为这棵伟大的树默哀。

三天后，博科莫完成了自己的任务。他制作了一个华丽无比的宝座，不仅雕刻精美，还镶嵌了金银和各种宝石。吉甘迪兴高采烈地坐上了宝座，命令所有动物在宫殿前庆祝一周，动物们不得不唱歌跳舞，大吃大喝，假装很开心。

看到国王有了这么漂亮的宝座，其他动物也开始效仿。大象族长要求为自己做椅子，长颈鹿家族要凳子，狒狒们要小板凳……很快，森林里的树木一棵接一棵地被砍倒。

随着树木的消失，整个环境开始恶化。雨水越来越少，最后竟然一滴雨也不下了。在炎热的阳光下，土地干裂，河流干涸，曾经郁郁葱葱的森林变成了一片荒漠。

饥饿的动物们不得不成群结队地离开这片被诅咒的土地，寻找新的家园，连国王的王后、王子和大臣们都离他而去。最后，只剩下吉甘迪自己，孤独地坐在那个曾经让他无比骄傲的宝座上，最终因饥饿而死去。

自大的小狮子与聪明的伐木人

在非洲的一片森林里，有一只母狮子生下了一只小狮子。这只小狮子刚出生就非常自信，他睁开眼睛的第一句话就是：“我是世界上最强壮的！”

母狮子摇摇头，温和地说：“我的孩子，这世上一定还有比你更强壮的生物。”

但小狮子不相信，他每天都重复着同样的话：“我是世界上最强壮的！我是世界上最强壮的！我是世界上最强壮的！”

后来，小狮子长大，变成了一头体格健壮的狮子，更加坚信自己是世界上最强壮的。

“孩子，你已经长大了，”母狮子对他说，“是时候去外面的世界看看了。”

小狮子听从了母亲的建议，走进了广阔的森林。他确实非常强壮，轻松打败了许多动物，甚至连比他体形更大的公牛和骆驼都不是他的对手。这让小狮子更加确信自己的想法。

“看吧！”他骄傲地想，“我就是世界上最强壮的！”

有一天，他在森林中遇到了一个人类——一位正在砍树的伐木人。

“喂，人类！”小狮子大声喊道，“我是世界上最强壮的生物！你为什么闯入我的领地？我应该把你吃掉！”

伐木人此时刚好将一个木楔子打入树干，使树干裂开了一条缝。他看着面前这头气势汹汹的狮子，冷静地说：“既然你这么强壮，能不能先帮我个忙？帮我把这棵树劈开，然后你再吃我也不迟。”

小狮子心想：这是个展示我的力量的好机会！

“好吧，看我的！”小狮子说着，把爪子伸进了树干的裂缝中。

就在这时，伐木人迅速抽出了木楔子，没有了楔子支撑，树干的裂缝立刻合拢，牢牢地夹住了小狮子的爪子。小狮子动弹不得，就像犯人被戴上了手铐。

伐木人拿起一根木棍，开始痛打小狮子。

“你是谁？”小狮子痛苦地问。

“我是一个伐木工。”伐木人回答。

“求求你放了我，”小狮子哀求道，“我发誓，只要你们人类勇敢，我就不会吃你们。”

伐木人没有理会他的请求，继续打他。

“我保证，只要你们还活着，我就绝对不碰你们！”小狮子喊道。

听到这个承诺，伐木人才重新把木楔子敲入树干，让裂缝张开。小狮子获得自由后，就一瘸一拐地逃回了家。

母狮子看到儿子这副狼狈的样子，忍不住笑了：“怎么了？发生什么事了？”

“我遇到了一个伐木工，”小狮子沮丧地说，“他比我厉害多了。”

“看吧，”母狮子说，“他就是我告诉过你的，比你更强壮的生物。”

“我受到了教训，”小狮子低下头，“而且我还许下了诺言。”

“什么诺言？”母狮子问。

“我发誓只要人类还活着，我就不会伤害他们。”

冬天来临时，那位伐木人常常到森林边缘放羊。一天，两只陌生的狮子从森林里冲出来，攻击了伐木人，把他扑倒在地，准备将他吃掉。

就在这危急时刻，小狮子出现了。它用爪子轻轻碰了碰伐木人，问道：“你是去年夏天放了我的那个伐木工吗？”

“是的，”伐木人回答，“我就是那个人。”

小狮子听到这个回答，立即转身攻击那两只狮子，他打败了其中一只，但另一只狮子比他还强壮。眼看小狮子处于劣势，伐木人抓起斧头，和小狮子一起合力打败了那只强大的狮子。

从那以后，伐木人和小狮子成了好朋友，每当小狮子饿了，伐木人就会给他送吃的。

长嘴鸟和黑头莺

长嘴鸟跟黑头莺是一对好伙伴，已经相处了很久。长嘴鸟的羽毛非常美丽，嘴巴又大又长，看上去很神气，所以她的追求者很多。她结婚后，就告别了黑头莺，随丈夫走了。

黑头莺长着黑色的羽毛，嘴巴也很黑，而且又尖又短，非常丑陋。本来她的追求者也不少，可人家一见到她的嘴巴，就立刻躲得远远的。

长嘴鸟结婚后的许多年里，黑头莺还是孤零零的，非常郁闷。长嘴鸟很替这个朋友发愁，但也帮不了她什么。

这天，黑头莺来到长嘴鸟家里，对她说："姐姐，那些追求者见了我就马上离开，就因为我的嘴巴太丑了。我今天到你家来，是希望你能帮一下我，把你漂亮的长嘴暂时借给我。我一结婚，就把你的嘴巴还给你。当然，为了答谢你，到时候我会送给你一份厚礼！"

长嘴鸟说："我们之间用不着答谢什么的，我一直都不能帮你什么，如果我的嘴巴对你有用，那我们就先交换一下吧，你结婚后我们再换回来就行了。"

黑头莺高兴地说："太感谢姐姐了！"

她们又亲热地谈起心来，各种话题都谈到了。当然，黑头莺最感兴趣的还是关于婚姻方面的，她提出的问题，长嘴鸟都一一做了解答。

当天晚上，黑头莺就住在长嘴鸟家里。第二天早上，长嘴鸟还想挽留黑头莺，可黑头莺急着要回去，于是长嘴鸟和她交换了嘴巴。

黑头莺回家后，邻居们见到她的新嘴巴，都惊奇地嚷道："大家快看呀，黑头莺的嘴巴真漂亮！"

这个消息传出去后，就有很多求婚者涌进黑头莺家里，她们见到黑头莺的嘴巴后，都深深地爱上了她，请求她嫁给自己。黑头莺选择了其中最出众的一个结了婚。

他们的婚礼很隆重，宾客盈门，贺礼也多得令人眼花缭乱。

第二天，黑头莺夫妇就闭门谢客，享受起幸福的七天新婚日子来。

可是，黑头莺结婚并没有邀请长嘴鸟，更没有践行诺言给长嘴鸟送礼物。

七天的新婚日子很快结束了，黑头莺的丈夫外出后，仆人们对黑头莺说："夫人，你先前借了长嘴鸟的嘴巴，现在你已经结婚了，要不要送一些柯拉果给长嘴鸟答谢她呢？"

黑头莺不高兴地说："你们不要管闲事，这个我自己会处理的。"但她只是说说而已，并没有真的去送。

一个月后，长嘴鸟才知道黑头莺已经结了婚，她困惑地想：黑头莺为什么不告诉我结婚的消息呢？她既没有送我礼物，也没有把嘴巴还给我，又是什么原因呢？

可她接着又想：应该是她太忙碌了，我先等一阵子再说吧。

一晃又过了一个月，长嘴鸟还是连黑头莺的影子都没有见到，只好亲自去找她了。

长嘴鸟来到黑头莺婚前的居所，却发现她已经不住在这里了，长嘴鸟这才知道，黑头莺结婚时也没有请她的邻居们，更没有给他们送柯拉果。

邻居们对黑头莺非常不满，不想再见到她，但还是把她目前居住的城市及街道告诉了长嘴鸟，让她自己去找黑头莺。

邻居们还说："黑头莺的丈夫可是鸟王，非常有名，你到了那里再打听一下就知道了。"

长嘴鸟谢过大家后，就出发了。她飞了很久，才到达那个城市的那条街，停在了一棵大树上。

树下有一栋房子，长嘴鸟看到不少人正在房屋里忙碌着，于是对他们说："你们好，大家辛苦了。付出劳动，就一定会有收获。请问鸟王家在哪里呢？他的妻子借走了我的嘴巴，我现在啄不了食物，说话也很不容易。希望你们能告诉我鸟王家在哪里，谢谢你们。"

那些人说："欢迎你，远方的客人。鸟王家离这里不远，你再往前飞就能找到了。"

长嘴鸟又飞过几间房屋，停在了一个庭院里的一棵树上。她看到一群男孩子正在屋里捣米，于是说："孩子们，你们都辛苦了。付出劳动，就一定会有收获。请问鸟王家在哪里呢？他的妻子借走了我的嘴巴，我啄不了食物，说话也很不容易。我要去鸟王家，麻烦你们给我指路，谢谢！"

男孩们说："远方来的客人，你好。你再往前飞一点，就能到达鸟王家了。"

长嘴鸟又向前飞过两间房屋，停在了屋顶上，只见几个女孩儿正在屋里磨面。她对女孩们说："孩子们，你们好，你们都辛苦了。付出劳动，就一定会有收获。请问鸟王家在哪里呢？他的妻子借走了我的嘴巴，我啄不了食物，说话也很不容易。我要去鸟王家，麻烦你们给我指路，谢谢！"

女孩们说："远方来的客人，你好。你再往前飞过一间房子，就到鸟王家了。"

长嘴鸟很快来到鸟王家，停在院子中的一棵果树上，只见不少女佣正在厨房里煮饭烧菜，而她们的女主人正在餐厅里吃早餐。

这个女主人正是黑头莺，长嘴鸟对女佣们说："厨房里的姐妹们，你们好，你们都辛苦了。付出劳动，就一定会有收获。你们的女主人借走了我的嘴巴，我啄不了食物，说话也很不容易，今天我想找她把嘴巴要回来，请你们帮我通报一声。谢谢！"

女佣们说："好的，你下来吧，我们带你去见夫人。"

长嘴鸟连忙飞下来，向佣人们道谢。佣人们把她带到黑头莺的房间门外，说："客人，你进去吧。"

长嘴鸟走进房间里。黑头莺见了她，十分讶异地说："哎哟，见到你真是太好了，我正想明天去看你呢。"

长嘴鸟才不信她这一套，冷冷地说："你还记得自己的承诺吗？"

黑头莺强挤出笑脸说："当然记得，守信的人才会有朋友嘛。我已经为你备好厚礼，收获粮食后，我还会把一部分送给你，我每天都在想念你呢。”

长嘴鸟说：“谢谢！”

她们坐下来，交谈了一阵后，长嘴鸟站了起来，说：“我要走了，请你把我的嘴巴还给我吧。”

黑头莺又笑着说：“别急别急，你再待久一点，等我丈夫回来了，你再回去吧！”

长嘴鸟坚决不同意，说：“这样多不好，如果等你丈夫回来了我再离开的话，我就无法在我丈夫回家前到家。”

黑头莺说：“唉，我知道你对我不满，请你不要再怨恨我了，好吗？”

长嘴鸟说：“我并没有对你不满。你结婚后一直没有去找我，你的做法让我明白，真正的好朋友并不是光说得好听，还要看对方的行动。遵守诺言者，才是值得信赖的朋友。”

长嘴鸟说完，从自己的脸上摘下黑头莺的嘴巴，递给黑头莺。黑头莺没办法，只好把长嘴鸟的嘴巴还给了长嘴鸟。

为了表示歉意，黑头莺又送给长嘴鸟两筐新收的粮食，可长嘴鸟拒绝了：“不好意思，我不想接受礼物。我今天来只是想讨回嘴巴，别的东西我不拿。”

黑头莺连忙说：“对不起，姐姐，我知道错了，你一定要原谅我，请你收下这些粮食吧！”

见她说得恳切，长嘴鸟的心也软了，于是收下了两筐粮食，又说：“说实话，你的行为的确令人很不愉快。你结婚时不告诉我，不送我柯拉果，让我没法不心寒呀！可是，毕竟我们是多年的姐妹，也不必去计较这些事情了。”

送走了长嘴鸟后，黑头莺急得团团转，她已经失去了美丽的长嘴巴，丈夫怎么可能接受她那张丑陋的黑嘴巴呢？

黑头莺绞尽脑汁，总算想到了一个法子。她弄来一根尖长、光滑的木棍，套在自己的嘴巴上。这根木棍非常长，从房间里延伸到了门外。

黑头莺的丈夫鸟王回来后，见房间外有一根木棍，好奇地问妻子：“夫人，这根木棍是怎么回事呢？”

黑头莺在房间里回答：“这是我的嘴巴，不是木棍。”

鸟王被逗乐了，说：“真会说笑，快把棍子挪开，我要进去。”

黑头莺说：“那真的是我的嘴巴，我没骗你。”

鸟王十分困惑，说：“真的是你的嘴巴吗？怎么突然变得这么长了？”

一旁的佣人哄堂大笑，告诉鸟王：“夫人原来的嘴巴其实是结婚之前向长嘴鸟借来的，这个我们都知道，只有你被蒙在鼓里了。今天，夫人已经把嘴巴还给长嘴鸟了，她怕被你嫌弃，于是用这根长木棍伪装成自己的嘴巴。”

鸟王顿时大发雷霆，冲进房间。黑头莺吓坏了，连忙取下木棍，露出了她那丑陋的黑嘴巴。

鸟王愤怒地说：“真没想到原来你的嘴巴这么难看！我最恨别人欺骗我了，你走吧！”

黑头莺从没见过丈夫发这么大的火，她知道丈夫短时间内是很难原谅自己的，只好逃走了。

黑头莺无处可去，不得不回到自己结婚前的家里。邻居们见了她，都不愿搭理她，有些还故意躲着她，一些老者见她那么凄凉，忍不住问：“黑头莺，你怎么了？”

黑头莺伤心地说：“长嘴鸟找到我，讨回了她的长嘴巴。于是我用一根木棍伪装成嘴巴，结果那些佣人拆穿了我，还告诉我丈夫，我的长嘴巴其实是借来的。我丈夫气坏了，把我赶走了，我只好又回来了。”

邻居们听了，也不想和她计较了，掏心掏肺地说：“这都要怪你虚荣心太强和不守信用。是美还是丑，谁都无法改变，就算长得不漂亮，只要心灵美、品德好，勤奋努力，对朋友忠诚，一样会过得快乐美满。你靠欺骗别人得到的幸福，怎么能长久呢？长嘴鸟是你的姐妹，你却那样对待她，结婚不邀请她，不送她柯拉果，仆人们的提醒你也不听。这样对待别人，太不应该了。你必须吸取这些教训，改正你的错误！”

黑头莺对自己的做法感到后悔了，同时也为邻居们再次接纳了自己而感动。她逐渐变得乐于助人，答应别人的事也都尽力做到了。不久，她遇到了一只羽毛像黑宝石一样亮丽的雄性黑头莺，这只雄性黑头莺深深地为她的善良所吸引。黑头莺不再渴慕爱情却终于等到了爱情的降临。

回声之王

在很久很久以前，有一个叫穆纳塔的农民。他生活在一个小村庄的边缘，靠近一片神秘的森林。村子里的人都说，那片森林里住着各种神奇的生物和精灵，但很少有人敢深入其中。

穆纳塔家里很穷，他想要有一块自己的田地来种小麦，这样就可以养活自己，还能在集市上卖掉多余的粮食。一天早晨，穆纳塔决定去森林边缘开垦一片荒地。

太阳刚刚爬上山头，穆纳塔就背着工具走进了森林。他找到一片看起来适合种植的空地，开始清理那些杂乱的荆棘。穆纳塔拿出火把，准备烧掉这些碍事的灌木丛。

“噼啪！”火焰开始舔舐干燥的荆棘，发出清脆的声响。就在这时，一个奇怪的声音从附近的树丛中传来：“喂！谁在那里？”

穆纳塔吓了一跳，他左右张望，但什么人也没看见。

“是、是我，”穆纳塔结结巴巴地回答，“我叫穆纳塔。”

“你在做什么呢？”那个声音又问道，听起来像是从四面八方传来的。

穆纳塔咽了口唾沫，壮着胆子回答：“我在烧荆棘，想开垦一块地来种小麦。”

“哦！”那个声音变得热情起来，“太好了！等一等，我可以帮助你。我是回声之王，这片森林的守护者。我会给你派一百个回声士兵来帮忙！”

话音刚落，神奇的事情发生了！树木后面、石头旁边，每个角落似乎都出现了模糊的人影，他们手持工具，动作整齐划一。这些身影半透明，像是由森林的雾气和光影组成的。

“哇！这太神奇了！”穆纳塔惊叹道，目瞪口呆地看着这些回声

士兵飞快地工作。

“清理荆棘！清理荆棘！”回声士兵们齐声喊着，声音在森林中回荡。他们的动作比穆纳塔快十倍，烧荆棘、拔树根、清理石头，不一会儿工夫，一片平整的土地就出现在穆纳塔面前。

本来需要穆纳塔干好几天的活，回声士兵们只用了不到一小时就完成了。穆纳塔高兴得手舞足蹈，对着空气大声说：“谢谢你，回声之王！有了你的帮助，真是太棒了！”

回声之王的声音在穆纳塔耳边轻轻响起：“不用谢，下次你再来，我还会帮助你的。”

穆纳塔一蹦一跳地回家了，心里美滋滋的，想着自己真是太走运了。

几天后，春风暖暖，穆纳塔扛着犁耙回到那片已经清理干净的土地。他刚举起工具准备开始犁地，熟悉的声音又响了起来：“咦？谁在那里？”

穆纳塔笑着回答：“是我啊，回声之王，我是穆纳塔！”

“你今天来做什么？”回声之王问道。

“我要犁地，准备种小麦。”穆纳塔回答道。

回声之王的声音变得更加兴奋：“等等，别费力气了！我这就帮你。这次我给你派三百个回声士兵！”

“哗啦啦”一阵风吹过，三百个回声士兵凭空出现，他们手里拿着各种犁地的工具。

“犁地开始！犁地开始！”回声士兵们喊着，手中的工具上下翻飞。

穆纳塔目瞪口呆地看着这一幕："这，这也太快了吧！"

只见回声士兵们动作迅速，翻土、平整、做垄，不一会儿，整块土地就变成了一块块整齐的田地，像棋盘一样规整。这样的工作量，穆纳塔一个人至少需要干五天！

"太感谢了，回声之王！"穆纳塔由衷地说，"有了你的帮助，真是再好不过了！"

回声之王似乎很高兴："能帮到你，我也很开心。"

又过了几天，天空中乌云密布，看起来要下雨了。穆纳塔急忙背着一袋小麦种子赶到田里，想趁着雨水浇灌前播下种子。他刚弯下腰，准备撒第一把种子，回声之王的声音又从天而降："谁在那里？"

穆纳塔已经习惯了这个问候，笑着回答："是我，回声之王，我又来了！"

"今天你要做什么呢？"

"我要播种小麦，正好赶上下雨，种子有了雨水会发芽得更快。"穆纳塔解释道。

"噢！播种啊！"回声之王的声音充满了热情，"这是个重要的工作。让我来帮你吧，这次我派九百个回声士兵！"

"九百个？"穆纳塔惊讶地张大了嘴巴，"不用那么多吧？"

但回声之王已经发出了命令，九百个回声士兵出现在田野中，他们排成整齐的队伍，手里拿着小铲子和种子袋。

"播种开始！播种开始！"他们齐声高喊，然后以闪电般的速度在田地里挖小坑、放种子、盖土。

“哎呀，这也太快了！”穆纳塔眼睛都看花了，刚说完，雨滴就从天空中落下，好像是为了配合回声士兵们的工作。

短短几分钟，九百个回声士兵就把整块田地播种完毕，而且种子的间距非常均匀，比穆纳塔自己播种整齐得多。

“有了这样的帮助，真是再好不过了！”穆纳塔高兴地对回声之王说，“你们帮了我这么多，我该怎么报答你呢？”

回声之王的笑声回荡在雨中：“不用报答，看到你高兴，我就满足了。”

春雨过后，小麦发芽了，嫩绿的幼苗从黑土中探出头来，麦田一片生机勃勃。但随着小麦的生长，杂草也开始疯长。一天早晨，穆纳塔来到田边，看到杂草已经和小麦一样高了，他叹了口气，卷起袖子准备除草。

才刚弯下腰，回声之王的声音就响了起来：“谁在那里？”

“是我，穆纳塔。”穆纳塔已经在期待回声之王的帮助了。

“今天你在做什么？”

“我在除杂草，它们会抢走小麦的养分。”穆纳塔一边回答，一边拔出一棵顽固的野草。

回声之王的声音比以往更加响亮：“除草？这太辛苦了！我这就派一千个回声士兵来帮你！”

“嗖嗖嗖”的声音响起，一千个回声士兵从四面八方涌来，他们手脚并用，动作敏捷，一眨眼的工夫就将田里的所有杂草连根拔起。

“除草！除草！”回声士兵们喊着，杂草在他们手中成堆地被拔出，整个田地很快就变得干净整洁。

穆纳塔惊喜地看着这一切："太神奇了！有了这样的帮助，真是再好不过了！"

夏天到了，小麦茁壮成长，麦穗开始变得饱满。但是，一群小鸟发现了这片丰收的土地，每天都来偷吃麦粒。

穆纳塔拿着稻草人和一些发出响声的工具来到田边，准备赶走这些贪吃的小鸟。他刚把第一个稻草人插在地里，熟悉的声音又来了："谁在那里？"

"是我，穆纳塔。"

"你在做什么呢？"

穆纳塔抬头看着在天空中盘旋的小鸟，回答道："我在驱赶偷吃小麦的鸟儿，它们太贪吃了！"

回声之王的声音听起来很兴奋："别担心！我立刻派一万个回声士兵来帮你！"

"一万个？"穆纳塔惊讶得说不出话来。

天空中出现了奇异的景象，一万个回声士兵组成一张巨大的网，他们手拉手，形成一道无形的屏障。然后他们开始拍手、喊叫，发出震耳欲聋的噪声。

"走开，小鸟！走开，小鸟！"回声士兵们齐声喊道。

小鸟们吓得四散飞逃，一眨眼就消失得无影无踪。不仅如此，回声士兵们还在田地周围搭建了小小的稻草人阵列，这样小鸟就再也不敢靠近了。

"有了这样的帮助，真是再好不过了！"穆纳塔感激地说，他开始期待收获的日子了。

终于，小麦即将成熟，金黄色的麦浪在阳光下闪闪发光，仿佛一片金色的海洋。穆纳塔满心欢喜地来到田边，想检查一下麦子是否已经可以收割。他小心翼翼地摘下几株麦穗，放在手心里捻碎，然后尝了尝麦粒的味道。

“唔，还差几天就完全成熟了。”穆纳塔自言自语道。

就在这时，回声之王的声音再次出现：“谁在那里？”

“是我，穆纳塔。”穆纳塔笑着回答，他已经习惯了回声之王的出场方式。

“你在做什么？”

穆纳塔举起手中的麦穗，兴高采烈地说：“我在尝麦穗，看看是不是已经熟了。再有几天，我就可以收获了！”

回声之王听了，声音更加热情洋溢：“尝麦穗？这太有趣了！等等，我来帮你！我这次要派十万个回声士兵！”

“十万个？不，等等！”穆纳塔急忙摆手，想要阻止回声之王，“不需要那么多士兵……”

但已经来不及了。十万个回声士兵如同一阵飓风般席卷了整个麦田。他们一个接一个地涌出来，每个士兵都摘下一株麦穗，然后迅速地咀嚼、品尝。

“尝麦穗！尝麦穗！”回声士兵们兴高采烈地喊着。

“不！停下来！”穆纳塔惊恐地大喊，但他的声音淹没在回声士兵们的欢呼声中。

短短几分钟内，田里所有的麦穗都被摘下并“尝”完了。当回声士兵们消失后，穆纳塔呆呆地站在田边，看着眼前的麦秆光秃秃的，一粒麦子都不剩了。

穆纳塔的心像是被石头砸中一样痛，他慢慢地蹲下来，双手掩面，眼泪不住地流下。这一次，他没有说出那句熟悉的话：“有了这样的帮助，真是再好不过了！”

鼓手与鳄鱼

很久很久以前，在非洲的一个小镇上住着一位深受人们喜爱的镇长叶季姆。他为人和善，总是乐于帮助别人，镇上的每个人都尊敬他。叶季姆和妻子结婚多年，生活美满幸福，但他们心中一直有个小小的遗憾——没有孩子。

每到夜深人静时，叶季姆常常握着妻子的手，轻声问道：“亲爱的，你说我们什么时候才能有个自己的小宝宝呢？”

妻子总是安慰他：“别着急，也许老天在为我们准备一个特别的礼物呢。”虽然妻子嘴上这么说，心里却和丈夫一样渴望有个孩子。

叶季姆尝试过各种方法，他向当地的精灵献上美食和礼物，祈求赐予他一个孩子，但一直没有效果。最后，他决定去拜访一位有名的老巫婆。

“尊敬的巫婆，请告诉我，为什么我们一直没有孩子？”叶季姆恭敬地问道。

老巫婆眯起眼睛，上下打量着叶季姆，突然笑了：“叶季姆镇长，你知道吗？你之所以没有孩子，是因为你太富有了！”

“太富有？”叶季姆困惑不解，“这和生孩子有什么关系呢？”

“在我们这片土地上，”老巫婆神秘地说道，“财富有时候会挡住新生命的道路。如果你真心想要一个孩子，就必须慷慨地分享你的好运和财富。”

“那我该怎么做呢？”叶季姆迫不及待地问。

“举办一场盛大的宴会吧！”老巫婆建议道，“请镇上所有人来吃喝玩乐，分享你的财富。只有这样，生命之神才会微笑着赐予你一个孩子。”

叶季姆立刻回家告诉了妻子这个好消息。第二天，他们就开始着手准备一场前所未有的盛宴。他们邀请了镇上所有的人，准备了丰盛的美食和珍贵的美酒。大家聚在一起，欢声笑语充满了整个小镇。

这场宴会花掉了叶季姆将近一半的财产，但他一点也不心疼。奇迹很快发生了——不久之后，他的妻子捧着肚子，满脸幸福地告诉他：“亲爱的，我怀孕了！”

叶季姆兴奋得像个孩子一样跳了起来，第二天就在小镇上举办了一场盛大的庆祝活动，与所有人分享这个喜讯。

不过，这个小镇上还隐藏着一个可怕的秘密——一个名为“鳄鱼协会”的神秘组织。这个协会的成员全是镇上的富人，他们拥有一种不可思议的能力，可以变成鳄鱼，在水下的秘密基地举行会议。这个组织有两个目的：保护会员的财产，以及抢夺其他人的财富，有时甚至不惜伤害无辜的人。

每当鳄鱼协会出动时，小镇上的所有门窗都必须紧闭，集市也会停业。尽管这个组织多次邀请善良的叶季姆加入，但他都坚决拒绝了。

几个月后，叶季姆的儿子降生了，取名为阿德。叶季姆决定把自己的财产分成两份，等儿子长大后给他一半。然而天有不测风云，就在小阿德刚满三个月时，叶季姆突然病倒，不久后离开了人世，只留下悲痛的妻子独自抚养小阿德。

叶季姆的妻子为丈夫守丧七年，之后继承了所有的财产。她精心照顾儿子，阿德渐渐长大，变成了一个英俊善良的年轻人，镇上许多姑娘都对他有好感。

“阿德，你要小心鳄鱼协会的成员，”妈妈常常提醒他，“他们心怀嫉妒，经常盯上有才华的年轻人。要谨慎选择朋友，无论男女，宝贵的是他们的品格，不是表面的奉承。”

每当小镇上有舞蹈表演时，年轻人总会邀请阿德为他们敲鼓伴奏。阿德特别喜欢敲鼓，从不拒绝。日子一天天过去，阿德的鼓艺越来越精湛，成为小镇上最出色的鼓手。

“阿德，你敲鼓真好听，像是有魔力一样！”人们总是这样夸赞他。

后来，阿德因为人长得帅气又才华横溢，受到了镇上很多姑娘的追捧，这引起了镇上年轻男子们的强烈不满和嫉妒。

“我们必须想办法除掉阿德！”他们在夜里秘密聚会，商量如何除掉这个受欢迎的鼓手。

最后，七个属于鳄鱼协会的年轻人决定：当阿德去河里洗澡时，他们就变身为鳄鱼，把他吃掉。

就这样，一天傍晚，当阿德正在河里洗澡时，突然有一只鳄鱼咬住了他的脚，接着另一只鳄鱼咬住了他的腰。尽管阿德拼命挣扎，大声求救，还是被拖入深水中，带到了鳄鱼的秘密基地。

阿德的妈妈听到儿子被鳄鱼抓走的消息，心都碎了。但她没有在人前显露悲伤，而是暗暗发誓要不惜一切代价救回自己的孩子。

“我一定要找回阿德，就算倾家荡产也在所不惜！”她在心中暗下决心。

整个夜晚，她都保持着异常的冷静。那些绑架阿德的年轻人见她没有哭喊，反而如此镇定，不禁想起一个关于鹰和猫头鹰的古老传说，他们从这个传说中知道，沉默的母亲往往最可怕。他们有些害怕了，决定暂时不杀阿德。

第二天清晨，鸡刚啼叫，阿德的妈妈突然像变了一个人。她先来到已故丈夫的墓前，大声哭喊："亲爱的叶季姆，请告诉我该怎么找回我们的儿子！"然后，她又来到河边，手拿嫩绿的树枝拍打水面，呼唤河流中的巫师帮助她。

接着，阿德的妈妈带上丰厚的礼物和食物，去寻找一位名叫伊宁的巫师。据说这位巫师拥有强大的魔法，能解决各种难题。

当那七个年轻人听说阿德的妈妈去找了伊宁巫师，吓得直发抖。

"伊宁巫师可是非常厉害的！"一个年轻人紧张地说。

"要不我们把阿德放了吧？"另一个人小声提议。

"不行！这违反了协会的规则，首领会惩罚我们的！"第三个人坚决反对。

伊宁巫师很快发现阿德还活着，只是被关在鳄鱼基地里。他安慰阿德的妈妈："别担心，我会想办法救出你的儿子。你只需要耐心等待。"

三天后，伊宁巧妙地加入了鳄鱼协会，得以参观鳄鱼的秘密基地。在那里，他认识了基地的一个守卫。

回去后，伊宁告诉阿德的妈妈："再等三天，我会施法让所有鳄鱼离开基地。"

原来，伊宁从那个年轻守卫口中得知，所有鳄鱼都会在退潮时上岸觅食，那时没有人看守基地。

三天后的退潮时分，当所有鳄鱼会员都离开了，伊宁将自己变成一只鳄鱼，游到了鳄鱼基地。他发现阿德被绑在一根柱子上，于是找到一把斧头，砍断绳索，救出了可怜的男孩。

可是阿德在水中被关了太久，又冷又饿，变得神志不清。伊宁

在基地里找到了几件鳄鱼会员变身时脱下的人类衣服，将它们收集起来作为证据，然后带着阿德离开了。

伊宁派人通知阿德的妈妈来接儿子，当妈妈急匆匆赶来时，看到儿子只是呆呆地坐着，既不说话也没有表情，她心痛地抱住阿德，眼泪夺眶而出。

“别担心，”伊宁安慰她，“我会用魔法治好你的儿子。这需要时间，但他一定会恢复的。”

接下来的日子，伊宁多次施法，给阿德喝下各种特制的草药。日子一天天过去，阿德的情况渐渐好转，最终恢复了正常，重新变得活泼开朗。

聪明的阿德妈妈没有告诉任何人她已经找回了儿子。相反，她穿上丧服，假装阿德已经死了。当那些变成鳄鱼的年轻人回到基地，想再变回人形时，发现阿德和他们的衣服不见了，都吓得不轻。

“阿德去哪了？”他们四处打听，却没有人知道真相。

实际上，阿德被藏在一个偏远的农场里，他的妈妈继续穿着丧服，装作悲伤的样子。六个月过去了，人们渐渐忘记了这件事。

一天，阿德的妈妈去找镇上的首领们，请求召集所有镇民开会：“我想按照习俗分配我已故丈夫的财产，因为我唯一的儿子已经被鳄鱼吃掉了。”

第二天，全镇的人都聚集在会议厅。阿德的妈妈早有准备，天还没亮就把阿德和伊宁巫师带到了会议厅后面的小房间，还带上了从鳄鱼基地带回来的七件衣服。

当会议开始后，阿德的妈妈站起来说：“各位首领，各位乡亲们，我的丈夫曾是一位深受大家爱戴的镇长。我们结婚多年才有了一个儿子，可惜丈夫却早早离世。我辛辛苦苦把儿子养大成人，他成了一名出色的鼓手，却被嫉妒他的年轻人害死。我想问问大家，如果我的儿子还活着，他会是什么样子？另外，你们对杀害无辜青年的鳄鱼协会有什么看法？”

首领们回答说：“如果你能提供任何证据证明鳄鱼协会的罪行，我们会立即采取行动，解散这个邪恶的组织。”

阿德的妈妈转身喊道：“伊宁，阿德，你们可以出来了！”

伊宁巫师牵着阿德从小房间走出来，把那捆衣服放在首领们面前。看到活生生的阿德，那七个年轻人惊得目瞪口呆，想要逃跑，但首领们派人堵住了门。

伊宁详细讲述了他如何救出阿德，如何治好他，以及如何在鳄鱼基地找到这些衣服。他犹豫地说：“有几件衣服的主人可能是首领们的儿子，所以我本不想说出来。”

首领们却坚持要知道真相：“不管是谁的衣服，都拿出来吧！我们必须彻底铲除这个邪恶的组织，还小镇和平！”

伊宁解开包袱，一件件拿出衣服，同时叫出每件衣服的主人的名字。那七个年轻人不得不站出来认领自己的衣服，并在首领的逼问下，说出了鳄鱼协会所有成员的名字，总共有三十二人。

首领们听后勃然大怒，宣布：“按照我们的法律，这些人将在明天早上在河滩上接受惩罚！”

当晚，三十二个鳄鱼协会的成员被绑在柱子上，七个守卫整夜不停地敲鼓、点火，象征着对邪恶的审判即将来临。

凌晨时分，按照当地习俗，一面大木鼓被放在会议厅的屋顶上敲响，宣告恶人即将伏法。

天刚亮，这些人就被押送到河滩。镇长站起来对所有人说：“我们是一个和平的小镇，我决心要彻底铲除鳄鱼协会这个邪恶的组织，因为他们害死了太多无辜的人。”

随后，三十二个罪犯受到了严厉的惩罚。

从那以后，小镇上再也没有人被鳄鱼伤害，人们又恢复了和平安宁的生活。阿德继续打鼓，但再也没有人嫉妒他了。每当听到阿德的鼓声，人们都会想起这个关于正义战胜邪恶的故事。

聪明的渔夫与水精灵小渚

很久以前，在一个美丽的小村庄旁边，有条清澈见底的小河。河边住着一位勤劳的渔夫。每天，他都会在河里撒网捕鱼，或者拿着钓竿静静地坐在河边钓鱼。闲暇时，他还会在附近的森林里设置一些小陷阱，希望能捕获一些野兔，改善一下生活。

“今天天气真好，鱼儿一定很活跃！”一天早晨，渔夫一边哼着小曲，一边撒下了自己的渔网。

突然，他感觉鱼竿猛地一沉，好像钓到了什么大东西。

“哇！今天运气真不错！”渔夫兴奋地想着，“一定是条大鱼！”

他用尽全身力气，终于把“大鱼”从水中拉了上来。然而，令他惊讶的是，钩上挂着的不是鱼，而是一个小小的水精灵！这个水精灵手里还握着一把闪亮的小斧头，正咯咯笑着看他。

“你是谁？”渔夫惊讶地问道。

小精灵跳上岸，笑着做了个鬼脸：“我是水精灵小渚，河里的居民！我刚才是想和你开个小玩笑！”

渔夫松了口气，原来只是个喜欢恶作剧的小精灵。他摇摇头说：“小渚，你不应该这样捉弄人。我还以为自己今天能有一顿美餐呢！”

小渚骄傲地挺起胸膛：“我为什么要帮你呀？我可是厉害的水精灵！”

渔夫看了看这个小不点，笑着说：“厉害？我看你比我家锅里冒出的蒸汽还要弱呢！”

“什么？”小渚顿时跳了起来，“我可是非常强大的！你敢不敢和我比试一下？”

渔夫点点头：“好啊，我很想看看水精灵到底有什么本领。”

小渚想了想：“那我们比比谁能把我这把斧头扔得更高吧！”

说完，小渚环顾四周，然后用力把斧头向天空抛去。斧头旋转着飞上天空，然后掉进了河里，激起了一大片水花。

“你为什么要往四周看呢？”渔夫好奇地问。

“我不想让斧头落下来砸到我自己呀！”小渚跳进河里，一会儿后浮上来，手里拿着斧头说，“这斧头差点就嵌在河底了！现在轮到你了。”

渔夫接过斧头，发现它出奇地重。但他没有表现出来，而是微笑着说：“我不需要像你那样看来看去。我一扔，这斧头就会飞到天上，再也不会掉下来！”

“啊？”小渚一听就急了，“不行不行！这是我最喜欢的斧头！我们换个方法比试吧，我们来赛跑！”

渔夫同意了：“好吧，我们就沿着这条小路跑到尽头。”这条路是渔夫常常设置陷阱的地方，他知道前面有个隐蔽的小坑。

比赛开始后，小渚跑得飞快，但很快就踩进了那个被树叶掩盖的小坑里。等他爬出来时，渔夫已经站在了终点。

“你输了！”渔夫笑着说。

“再来一次！”小渚不服气地说，“这次你来选择比什么。”

渔夫想了想：“那我们就比钓鱼吧，看谁钓的鱼多。”

他借给小渚一根小鱼竿，两人开始钓鱼。渔夫安静地坐在河边，很快就钓上了几条鱼。而小渚却在河边跑来跑去，鱼儿都被吓跑了。

“你要安静地等待，”渔夫建议道，“不然鱼儿不会上钩的。”

“我做不到！”小渚跳着脚说，“我天生就喜欢动来动去，一刻也停不下来！”

渔夫灵机一动：“要不这样，我帮你把自己绑在树上，这样你就能专心钓鱼了。”

“好主意！”小渚同意了，“你要把我绑牢一点哦，不然我会忍不住想跑。”

渔夫小心地把小渚绑在了河边的一棵大树上。小渚被绑住后，当然无法钓鱼了。过了一会儿，他受不了了。

“好了好了，快放开我吧！”小渚央求道。

渔夫问：“那你承认我赢了吗？”

“是的是的，你赢了！”小渚急切地说，“对我来说，不能动是最大的痛苦！”

渔夫却没有立刻解开绳子：“如果我放了你，你保证不再捉弄我吗？”

“我保证！”

“你以后能帮我把鱼儿引到我的渔网里吗？”

“能！”

“你能帮我把小动物引到我的陷阱里吗？我只捕捉需要的量，不会伤害太多动物。”

“我都答应你！求你快放开我吧！”小渚恳求道，眼睛里闪着真诚的光芒。

渔夫相信了小渚的许诺，解开了绳子。小渚获得自由后，立刻蹦蹦跳跳地跑了好几圈，才停下来对渔夫说：“谢谢你！我会遵守诺言的。从今天起，我们就是朋友了！”

从那以后，小渚果然信守承诺，每天都帮渔夫引导鱼儿游向他的渔网，也会在森林里帮他寻找食物。村里的人都很惊讶，不明白为什么渔夫总能捕到那么多鱼。

渔夫的生活越来越好，但他从不贪心，总是把多余的鱼和猎物分享给村里的老人和孩子。久而久之，村民们选他做了村长，因为他不仅能干，还乐于助人。

水精灵小渚也因为帮助渔夫而得到了村民们的感谢。他不再孤单，有了许多朋友。每个夜晚，小渚都会坐在渔夫的肩膀上，听渔夫讲述村里发生的有趣故事。

老人的智慧

在非洲的图拉伊拉王国，一位年迈的国王去世了。他唯一的儿子姆布吉继承了王位，成为新的国王。

姆布吉虽然年轻有力，却没有父亲那样的仁慈和智慧。权力让他变得骄傲自大，常常想到什么就做什么，不考虑后果。每当他要做出鲁莽的决定时，王国里的老人们总会劝他：

“年轻的国王啊，做君王要以仁爱为本，不可任性妄为。”

姆布吉表面上点头答应，心里却很不耐烦：“这些老人真烦人，总是教训我，好像只有他们才懂得什么是对的。”

一天晚上，姆布吉做了一个奇怪的梦。在梦里，王国里所有的老人排成一列长队，一个接一个走到他面前给他讲道理。这些话他一句也听不进去，却又不得不听。

姆布吉从梦中惊醒，心里仍然对那些老人的教诲感到厌烦。于是，他在王宫的广场上召集了城里所有的年轻人，下达了一道残忍的命令：

“你们每个人回家都要赶走自己的父母、祖父母和所有年老的亲人！把他们赶出我的王国！如果有人拒绝执行，不仅他年老的亲属会被处死，他自己也会被当众处决！”

年轻人听了都惊呆了，不敢相信自己的耳朵。

“我要让我的王国焕然一新！”姆布吉大声宣布，“就像雨季刚开始时那样，到处是嫩绿的新草，没有一根枯黄的老草。我的王国要充满朝气蓬勃的年轻面孔，不要看到任何颤颤巍巍的老人！”

年轻人都吓坏了，但又不敢违抗国王的命令，带着满心的悲痛，回家去执行这个可怕的任务。

只有一个名叫泰西的年轻人例外。泰西和父亲相依为命，父子感情很深。他回到家，把国王的命令告诉了老父亲。

“父亲，国王命令我们赶走所有的老人，”泰西痛苦地说，“但我怎么可能忍心赶走您呢？”

老父亲沉思片刻，说：“孩子，也许我们可以想个办法。你能帮我找个安全的地方藏起来吗？”

泰西点点头，带着父亲来到城外的一个山洞，在那里安顿好父亲，留下足够的食物和水。

“父亲，您一定要照顾好自己。我会常来看您，给您带吃的。”泰西说完，悄悄地回到城里，假装自己已经执行了国王的命令。

第二天早晨，国王姆布吉再次召集所有年轻人到广场上。

“所有的老人都赶走了吗？”他问道。

“是的，国王陛下。”年轻人流着泪回答。

“很好！”姆布吉满意地点点头，“现在我的王国已经变成了我想要的样子。接下来，我要你们完成第二个命令。”

他指着自己的金色宝马说：“大家都知道，我的这匹金马只喝萨赫勒草原上白色奶牛的奶。这是一匹独一无二的宝马，也需要一条独一无二的马缰。我命令你们，在三天之内，用最细的沙子给我做一条马缰！谁做不到，谁的脑袋就要搬家！”

说完，姆布吉得意扬扬地回到王宫，留下一群目瞪口呆的年轻人。

“用沙子做马缰？这怎么可能？”一个年轻人惊叫道。

“沙子怎么能编织成绳子呢？这简直是天方夜谭！”另一个人叹息道。

“可如果我们完不成任务，国王就会杀掉我们啊！”第三个人恐惧地说。

大家七嘴八舌地提出各种方法，但没有一个行得通。有人甚至跪地祈祷，希望祖先能显灵帮助他们，但也没有任何效果。

那天晚上，泰西偷偷地给藏在山洞里的父亲送去晚饭。等父亲吃完后，他才忧心忡忡地说：“父亲，国王又想出了一个可怕的主意折磨我们。这一次，恐怕我们都难逃一死了。”

“孩子，发生了什么事？”老父亲关切地问。

“国王要我们在三天内用最细的沙子做一条马缰。如果做不到，他就要杀掉我们。”

老父亲听了，既惊讶又生气：“这个年轻的国王是失去理智了吗？一个没有国民的国王只会变成守墓人！他为什么要用这样不可能完成的任务来折磨年轻人？”

“父亲，您有什么好办法吗？”泰西急切地问，“我们怎么可能用沙子来编马缰呢？”

老父亲眼睛一眨，有了对策，微笑着说：“其实，应对之策很简单……”

他凑到泰西耳边，轻声说了几句话。泰西听完，眼前一亮。

第三天早上，所有的年轻人聚集在王宫广场上，个个愁眉苦脸。他们绞尽脑汁思考了三天，也没想出办法完成国王的任务。

国王姆布吉走了出来，高声问道：“你们编好我要的沙子马缰了吗？”

广场上一片沉默，没有人敢回答。大家似乎都已经接受了自己的命运。

“我数到十，如果还没有人回答，行刑手就要开始砍头了！”国王威胁道。

就在这时，泰西鼓起勇气走了出来。

“尊敬的国王陛下，”他恭敬地说，“您的命令对我们来说是至高无上的。您让我们赶走所有老人，我们已经照做了。今天我们没能准备好您要的沙子马缰，是因为我们认为，只有最完美的东西才配得上您。所以，我们恳求您，能不能让我们看看您以前用过的沙子马缰？我们好以此为样本，做出最完美的马缰献给您。”

国王姆布吉愣住了。他当然没有什么沙子做的马缰，那根本就是不可能的事情。他沉默了一会儿，突然站起身来，挥了挥手：

“你们都回去吧。明天早上再来广场上，我有新的命令要宣布。”

所有年轻人都松了一口气，纷纷上前感谢泰西，他的聪明才智让他们暂时逃过一劫。

第二天，大家又聚集在广场上。国王带来了新的命令：

“你们要为我建造一座独一无二的宫殿。这座宫殿必须悬浮在天地之间，既不能碰到地面，也不能碰到天空。一周之后，如果我看不到这样的宫殿，你们就要准备好和自己的脑袋告别！”

众人哗然，这又是一个不可能完成的任务！

当晚，泰西又去给父亲送饭。老父亲听说了国王的新命令，立刻想出了对策。

第二天，泰西把所有年轻人召集起来，告诉他们自己想到了解决办法。但为了不再次引起国王的注意而招来杀身之祸，他建议让年纪最大的年轻人代表大家回答国王。

一周后，众人再次聚集在广场上，国王姆布吉出场，身后跟着两个奴仆为他扇风驱蚊。

“你们建好我要的宫殿了吗？”国王傲慢地问。

最年长的年轻人走上前来，恭敬地说：“尊敬的国王陛下，我们已经准备好所有的建筑材料，随时可以开工，只是我们担心选址不当会让您住得不舒适。所以，我们恳求您，能否在天地之间划出一块地基来？我们会在此块地基上为您建造一座悬浮于天地间的宫殿。”

国王姆布吉哑口无言。他当然无法在天地之间划出一块地基，那是根本不可能的事情。这是他第二次在众人面前丢失面子，顿时怒火中烧。

“你们明天正午时分都到广场上来！”他大声命令道，“你们既不能站在阳光下，也不能站在阴影里，如果谁站在阳光下或阴影里，我就立刻让人砍掉他的脑袋！”说完，他怒气冲冲地离开了。

那天晚上，泰西又去请教老父亲该如何应对国王的新命令。

“父亲，国王说我们既不能站在阳光下，又不能站在阴影里，这怎么可能做到?”

老父亲笑着说:“这个很简单，孩子……”

第二天正午，国王来到广场上，看到了一个令人啼笑皆非的场景：所有年轻人头上都罩着一张渔网。渔网是用粗绳子编的，罩在头上后，会在身上留下斑驳的光影。

“哈！你们站在阴影里!”国王指着他们说。

“不是的，尊敬的国王陛下,”年轻人回答，指着透过渔网照在身上的阳光,“您看，这是阳光!”

“那你们就是站在阳光下!”国王立即改口。

“也不是，尊敬的国王陛下,”年轻人又指着身上的网状阴影，“您看，这是阴影!”

国王不得不承认他们确实既没有完全站在阳光下，也没有完全站在阴影里。

“算你们聪明!”他气哼哼地说，“不过下一次，我看你们还能想出什么办法！明天早上，你们全部到广场上来，所有人既不能骑着动物，也不能站着。做不到，就脑袋不保!”

泰西又去向父亲求教。

第二天，国王来到广场上，看到了一幅滑稽的景象：所有人都骑在小马驹上。小马驹不到半人高，所以尽管大家骑在马上，脚却不得不撑在地上。马儿走动时，骑马的人就必须跟着迈步，看起来就像在表演杂技。

国王看了不禁笑出声来：“哈，你们明明都骑在小马驹上！”

“不是的，尊敬的国王陛下，”年轻人回答，“我们没有骑着动物，您看，我们的脚是落在地上的！”

“那你们就是站着的！”国王说。

“也不是，尊敬的国王陛下，”他们又说，“我们没有站着，您看，我们的屁股是坐在小马驹身上的！”

国王又一次不得不承认他们确实做到了——既没有完全骑着动物，也没有完全站着。

“好吧，”国王不甘心地说，“明天早上，你们再次到广场上来。你们笑着来，脑袋不保；哭着来，脑袋不保；面无表情，还是脑袋不保！”

第二天早上，按照泰西父亲的建议，年轻人在眼角涂了洋葱汁。当他们到达广场时，个个都泪流满面，但同时又开怀大笑。

国王看到这一幕，也不禁笑了起来。大家越笑越厉害，整个广场上充满了欢声笑语。

渐渐地，国王身上那种暴戾的气息消散了，整个人变得平和起来。他意识到这群年轻人背后一定有位智者在出谋划策。

“好了，”国王终于说道，“我不会再发布那些荒唐的命令了。现在，请告诉我，是谁家藏了老人？你们不可能自己想出这些聪明的对策，只有活得久、见识广的老人才有这样的智慧。”

所有人都保持沉默，没有人敢说话。

“请告诉我实情，”国王继续说，“我保证不会惩罚任何人。我，图拉伊拉王国的国王姆布吉，以祖先的亡灵发誓，如果你们中有人藏了老人，他可以站出来告诉我。他和那位老人都不会受到任何惩罚。相反，我还要请那位老人来做我的顾问，因为现在我明白了：一个没有老人辅佐的国王，终将自取灭亡；一个没有老人的国家，就像在没有月光的黑夜里赶路，到处都是危险。”

听到国王的这番话，泰西鼓起勇气走了出来。

“尊敬的国王陛下，”他说，“是我没有赶走我的父亲。我把他藏在了城外的山洞里，正是他教我如何应对您的每一个命令。”

国王并没有生气，反而请泰西立刻把父亲接回来。年轻人簇拥着泰西，一起去城外的山洞，将老父亲扛在肩上，意气风发地回到了广场。

国王在众人面前承认了自己的错误和无知，并请老人在他身边担任智者的角色。从此以后，非洲的国王在做决定之前，总是会先询问老人的意见。

讲述这个故事的非洲作家阿玛杜·昂巴代·芭，在联合国教科文组织工作时说过一句广为流传的话：

“在非洲，每当一位老人去世，就相当于一座图书馆的消失。”

怕太阳光的女人

从前，有一个女人由于种种原因与丈夫聚少离多，每天独自面对生活的挑战。有一天，她在田间辛勤劳作，汗水浸透了她的衣衫，她的心里感到空荡荡的。没有丈夫的陪伴，也没有孩子，她感到十分孤独。

女人越想越沮丧，就扔下了手里的活儿，坐在田埂上发呆。忽然她看见土块上有一只小黄雀蹦蹦跳跳的，嘴里还叼着东西。小黄雀飞过来落在她肩头，对她说："伸手。"

女人听话地伸出了手，手心里出现了几粒谷。

小黄雀对女人说："我知道你一直想要个孩子，只要你在吃饭前，把这几粒谷完整地吞下去，孩子就会来了。"

女人摘下脖子上的项链，项链是色彩鲜艳的珠子串成的，特别好看，她对鸟儿说："鸟儿，太感谢你了，我把这串漂亮的珠子送给你可以吗？"小黄雀没有要珠子，但提出了另一个要求。女人按照小黄雀的要求，在河滩上仔细挑选了一颗光滑的石子送给她。十个月后，女人果然生了一个女儿，女人给孩子起名叫唐嘉琳丽波，也叫唐嘉，意思是"孤零零的南瓜芽"。女人想给丈夫一个惊喜，所以白天一直让女儿藏在家里，只有晚上的时候，才会让女儿出门干活儿。

唐嘉因为只在晚上出门，从来没有沐浴过阳光，所以长大之后，皮肤非常白。

一天晚上，唐嘉正在井边汲水，正好碰见了自己的父亲，也就是女人的丈夫。当时女人的丈夫和部落的人刚好来这一带打猎，他们一行人只是想向唐嘉讨水喝，结果发现唐嘉极为美丽。女人的丈夫发现她回的竟是自己的家，就决定回去问个清楚。

丈夫对女人说："那个美丽的姑娘是我们的女儿吗？为什么你从来没有告诉过我？"

女人告诉丈夫，那是他们两个人的女儿。丈夫高兴极了，也非常喜欢他们的女儿。整个晚上，女人和丈夫都在商量怎么把女儿介绍给朋友们。这位父亲宰了一头牛，酿了许多啤酒，邀请全部落的人出席女儿的成年宴会。宾客们都要求见一见他们的女儿，但是，唐嘉直到晚上才出席宴会。在月亮下唐嘉整个人散发着银光，泽伯的儿子姆彭吉一眼就爱上了她。

姆彭吉向父亲泽伯表达了自己的心意。泽伯对儿子说："我知道你心里有自己的选择，但作为父亲，我不希望你找一个怕阳光的姑娘啊。如果她白天不愿意出门，你们之间会错过生活中的许多美好时光。你是我们的宝贝儿子，我希望你的伴侣能与你共享生活的每一个瞬间。"

姆彭吉听了父亲的话非常沮丧，母亲不忍心看着自己的儿子愁容满面，就说："我很喜欢唐嘉，虽然她白天无法出门，但是我们可以分工合作，她留在家里收拾家务，我出门干活儿，反正我还有很多精力。”于是泽伯就带着几头牛，去唐嘉家里提亲。唐嘉的父亲牵了一头顶好的公牛，送给唐嘉作新婚礼物。

唐嘉聪明、勤快，干活儿很卖力气，她与丈夫姆彭吉生活幸福，不久便生下了一个健康的儿子。但公公泽伯仍然对唐嘉无法白天外出感到不满和怀疑，尤其是听到青年男女们嘲笑自己的儿媳妇是“怕太阳光的女人”，就更生气了。

有一天，姆彭吉和伙伴们一起到远处去打猎，唐嘉的婆婆去附近的谷地帮忙铺芦苇房顶，泽伯心想，这回没人拦着我管教这个不听话的儿媳妇了。中午，太阳正毒的时候，泽伯让唐嘉到克拉阿尔附近的河边去打水。唐嘉知道丈夫和婆婆都不在，就请求泽伯，说：“父亲，等天一黑，我就去打水。”

泽伯说：“我现在就要喝凉水。”唐嘉又请求泽伯让看孩子的小丫头去打水。

泽伯皱着眉叫嚷：“你非得让我生气吗？现在就去打水。”

唐嘉没有办法，只好把孩子交给小丫头，自己拿着水罐和水瓢往河边走去，唐嘉越想越委屈，开始放声大哭，刺眼的阳光照得唐嘉睁不开眼。唐嘉跪在河边，用水瓢舀水，忽然水瓢一滑，掉到河里了。她又想用水罐舀水，结果水罐也被冲走了。唐嘉没有办法，只好趴下，靠近水面，想用衣服的前襟兜点水。就在这时，唐嘉突然感觉自己被一股力量推到了水里。

泽伯看儿媳妇迟迟不回来，就派小丫头去找她。没一会儿，小丫头就回来了，一脸慌张地说她在河边看到了唐嘉的脚印，但是转了好几圈，都没有找到人。

泽伯觉得儿媳妇可能是遇到了危险，很后悔自己今天的行为。孩子好像感受到了母亲有危险，开始号啕大哭。等到唐嘉的婆婆回来，知道儿媳妇的事情后，大发雷霆。但是也没有解决办法，只好先喂孩子喝了一点玉米粥，把孩子哄睡。

泽伯想，如果把公牛送给河水，肯定就能换回唐嘉，于是就命人把唐嘉的公牛宰了，扔到河里。可是河面除了涟漪什么也没有，不一会儿，连涟漪也没了。泽伯目不转睛地盯着水面看，忽然河里传来了唐嘉的声音："请您回去转告我的父母，就说我被河抢走了。"说完，河面又恢复了平静。

在回去的路上，泽伯步子有些踉跄，他愁容满面，实在不知道该怎么面对唐嘉的父母，也不知道该怎么告诉他们这个噩耗。

泽伯回到家，告诉妻子："这个方法没用，我没有把唐嘉救回来。"回答他的是妻子的埋怨和孩子的哭喊声。泽伯低头坐在板凳上，听妻子念叨："一切都完了，我们家虽然不富裕，但是儿子总归是娶了一个贤惠美丽的妻子，还生了一个大胖孙子，一家人在一起也算幸福。都是因为你，我们的儿媳妇回不来了。我看儿子回来了，你怎么交代……”泽伯很绝望，他的脑子里只有一个想法：都怪我！

晚上，小丫头紧搂着孩子，想：这个家只有在老头儿、老太太，还有孩子都睡着的时候，才会安静下来。小丫头也有些困，她迷迷糊糊地打盹儿。不一会儿，她就感觉孩子在动弹，蹬着腿，看样子又要哭。她赶紧站起来，抱着孩子开始摇。小丫头怕孩子把两个老人吵醒，这样他们又会开始吵闹了，就赶紧抱着孩子出门了。小丫头抱着孩子一直走到了河边，她沿河岸走来走去，轻轻地唱道：

深更半夜，孩子哭啊哭。
妈妈一会儿就伴着月亮出现。
深更半夜，孩子哭啊哭。

忽然小丫头看见水里走出一个人，小丫头十分害怕，赶紧抱着孩子后退了几步。那人越走越近，小丫头认出那是唐嘉，她听见唐嘉说：“让我抱抱我的孩子吧，一会儿我就还给你。”小丫头就把孩子交给了她。

于是，母亲就在河边抱着、亲吻自己的孩子，给孩子喂奶。小丫头安心地躺在岸边睡觉。

天快亮的时候，小丫头就抱着孩子回家了，她把孩子轻轻地放到席子上，然后自己挨着孩子躺下。唐嘉请小丫头保守见过她的秘密。

连着三天，小丫头都偷偷带着孩子去见唐嘉，孩子吃饱了奶水，自然就不哭了。唐嘉告诉小丫头，如果有人问起孩子平时吃什么，你就说给孩子吃了野果子。

过了几天，姆彭吉打猎回来了，带回了羊后腿，又肥又大，兴奋地想向母亲和妻子炫耀自己的战果。

母亲一见姆彭吉就开始哭，吓得姆彭吉赶紧问母亲发生了什么事。母亲说："前几天，你父亲让唐嘉大中午出去打水，结果唐嘉就不见了。我们找了好久也没有找到。"姆彭吉大发雷霆，泽伯本来就很愧疚，现在更是害怕得不敢见自己的儿子。

姆彭吉问："她带着孩子走了吗？"

母亲赶紧回答："没有，孩子好好地在家里呢。"然后就赶紧把小丫头叫了出来。姆彭吉接过孩子，感觉很奇怪，妻子不在，没有人给孩子喂奶，孩子为什么还长得白白胖胖的。小丫头感受到姆彭吉的目光，有些局促不安，目光盯着别处，不敢抬头看他，这时听见姆彭吉问："你都喂孩子吃什么了？"

小丫头的声音都在发颤，说："奶奶喂他粥，我……我喂他野果子。"

姆彭吉一听就知道小丫头在撒谎，他说："那你现在去拿野果子，当着我的面喂他。"

小丫头拿来了野果子，可是孩子扭来扭去，就是不吃，喂急了，孩子就开始大哭。姆彭吉抓住小丫头的胳膊，问道："说实话！是不是唐嘉喂孩子吃奶了？她现在藏在哪里？"小丫头害怕受到责罚，就哭哭啼啼地讲述了这几天发生的事情。

天黑以后，姆彭吉就带着朋友们来到了河边。姆彭吉把自己绑在皮带上，请朋友们抓住皮带的另一头，告诉朋友们，如果到时候自己抓住了妻子，就请他们拉动皮带，把他拽回来。然后，姆彭吉藏到了岩石后面，小丫头按照姆彭吉的命令，抱着孩子走到河边，开始唱歌。没一会儿，唐嘉就从水里出来了。

唐嘉感觉有些不安，她问小丫头："今晚你是一个人来的吗？"

小丫头没有回答，只是急匆匆地把孩子塞到她怀里。姆彭吉一下子就从岩石后面跳了出来，抱住了妻子和孩子。唐嘉大喊："放开我！"远在岸上的朋友们一听见声音，就开始往后拉动皮带，皮带拉着唐嘉和姆彭吉离河水越来越远。姆彭吉的朋友们看见河面越涨越高，还闪着红光，吓得扔下皮带，转身就跑。姆彭吉抱着孩子留在岸上，只能眼睁睁地看着河水把深爱的妻子带走。水面恢复了平静，姆彭吉失魂落魄地回到家，泽伯告诉姆彭吉，自己曾经听见过唐嘉的声音："请您回去转告我的父母，就说我被河抢走了。"

姆彭吉想让自己赛牛用的牛去告诉唐嘉的父母这个消息，可是牛只会哞哞地叫，一步也不动。姆彭吉又去问狗，狗冲他叫了几声。姆彭吉只好去找公鸡，公鸡答道：

好公鸡，个不大，
干起活儿来，一顶俩，
喔喔喔！
姑娘河边打水去，

结果一去不复返！

老牛哞哞叫——不愿跑远路。

小狗汪汪喊——没法去报信。

公鸡来帮忙——会跑又会飞。

姆彭吉听见公鸡愿意帮忙，特别高兴，命他立刻启程。

一路上有很多危险，不过公鸡凭借自己的聪明才智，都一一化解了，顺利地把消息传给了唐嘉的父母。

唐嘉的母亲配制了各种制服河的药草，唐嘉的父亲选了一头肥牛。然后唐嘉的父母就带着牛、药草和公鸡向唐嘉的婆家出发了。

等到月亮升起，唐嘉的家人在河边举行了一次祭礼。唐嘉的母亲把带来的药草分成两份，一份烧成了灰，另一份撒在了石头上。河面慢慢地裂开了，唐嘉从水里走了出来。她一上岸，就被父母拉着来到了丈夫面前。

河面上掀起一个大浪头，不过一会儿就消失了，水面又恢复了平静。

泽伯早就认识到了自己的错误，所以唐嘉的父母就没再指责他。从此以后，泽伯再也不敢强迫唐嘉做她不愿意做的事情了。

白天，唐嘉还是一直待在家里，不肯出来。不过泽伯每次听见有人嘲笑唐嘉是“怕太阳光的女人”时，就对他们说：“每只兔子都知道自己的路。”

一个吹号手

很久以前，非洲北部的地中海边上，有一个历史悠久的国家。

有一年，一场非常严重的灾难席卷了这个国家，不是风灾、水灾或火灾，而是鼠灾。

这个国家的每一个角落都挤满了可怕的老鼠。这些老鼠带来的害处，多得数不清。夜间，人们睡在床上时，会有许多老鼠在他们身边跑动。而那些每晚换下，挂在墙壁上的衣服，次日早上，主人都会发现衣兜里挤满了老鼠。

老鼠的数量已经够多了，更要命的是，老鼠每天还在增加。这个国家到底有多少只老鼠呢？至少是这个国家的苍蝇的一百倍！这绝不是夸张，地上到处都是老鼠，人们连行走都很困难。

在这么严重的鼠灾中，人们的粮食根本保不住，存粮的仓房上只要出现一个小空隙，很快就会有大量老鼠钻进去，用不了几天，它们就会把仓里的粮食吃得颗粒不剩。

人们煮好饭菜后，如果不早点吃，不一会儿就会被老鼠偷吃光。就算把食物放进箱子里，并上了锁，老鼠们只要闻到食物的气味，就会合力啃破箱子钻进去偷吃。

此外，老鼠还常常糟蹋那些皮革制作的物品，如皮鞋、皮包、皮枕头、皮垫子、皮腰带等，只要主人一个不注意，老鼠就能极快地将它们毁掉。

令人们最头痛的是，这些老鼠搅得他们难以安睡。夜深后，他们正要睡觉，老鼠就会猖狂地爬到床上，噬咬他们的肩头和后背，吓得他们只好跳到地上，拼命地把老鼠赶走。

大家肯定会问，这个国家的人们为什么不设法消灭这些老鼠呢？殊不知，就算是最不起眼的小东西，只要数量多到成灾，就很难收拾了。

猫是捕鼠的高手，可是在这个国家，比起老鼠，猫少得可怜。遇上老鼠，猫不会像往常那样凶猛地扑上去，而是狼狈逃走，仿佛在它们眼中，老鼠变成了凶恶的老虎似的。

为了灭鼠，人们采取了各种手段，如设置陷阱、投放老鼠药等，可是老鼠的数量还是有增无减。有时候，成群的老鼠会潮水般把人们包围住，吱吱尖叫着向他们示威，好像在说："你们这些愚蠢的人类，永远都不是我们的对手！"

可怜的人们，被老鼠逼到了绝路，他们不止一次向国王求援，说他们过去从没有遭受过这样的鼠灾，目前几乎无法继续生活下去了，国王应该想办法除掉这些老鼠。走投无路的百姓，甚至愤怒地警告国王，如果国王不能化解这场鼠灾，他们会把国王从王位上拉下来，并把他赶出这个国家。

但是，国王实在没有什么好计策。百姓们不断地示威，一些大臣也当着国王的面，责备他是个昏庸无能的君主。国王成天坐立不安，度日如年。

这天，情绪低落的国王坐在一棵树下乘凉时，一个老人来到他的面前，恭恭敬敬地朝他跪拜，向他致意。

已经很久没有人对国王这样敬重了，他很受感动，认真地打量了对方一阵子，亲切地说：“老先生，起来吧。您是哪里人，做什么的？”

老人说：“我是个老流浪汉，到处漂泊。陛下，这一次，我是特地从遥远的地方来找您的。我会吹号，就靠这个谋生，大家都叫我吹号手。”

国王听了很失落地说：“老先生，我很希望您能留下来，但是又为您担心。目前鼠灾那么严重，整个国家的人都惶惶不可终日，如果您留下来，会有危险的。我拿您当朋友，为了您好，我劝您远离我们的国家。”

吹号手明白国王的心思，说：“我并不是普通的吹号手。老天赐给我一门神奇的技能，只要我吹响号声，所有的生灵都会紧随我身后，包括青蛙、蛇、老鼠等地上的动物，天上的鸟，以及人类。听到我的号声后，他们会马上涌到我身旁，跟着我走。陛下，我知道你们的国家现在正在遭受鼠灾，我很同情你们的处境。只要您让我留下，我发誓会把你们从这场深重的灾难中拯救出来！”

国王立刻转忧为喜，眉开眼笑地说：“老先生，您一定是老天爷派来解救我们的。只要您能消除鼠灾，就算您想要全世界最贵重的宝贝，我也会尽量满足您。请您告诉我，您的要求是什么？”

吹号手说：“太感谢陛下了。我这个老流浪汉，不会贪得无厌。

如果我成功了，只希望您能赐给我一百枚金币，让我吃好一点儿，住好一点儿，我就知足了。”

国王忍不住笑了起来：“哈哈，这真是一桩奇事呢！化解了一场大灾难，却只要求这点小报酬。老先生，一百枚金币太少了，就算您要一万枚，都完全不成问题。您赶快行动吧，事成后我会给您丰厚的奖赏。我是一国之主，绝对不会食言的。”

吹号手又朝国王跪下，说：“尊敬的陛下，太感谢您了！”

他来到王宫外面的街上，从衣兜中掏出一支长手把的小号，吹了起来。他一边吹着一边在各条街上不停地走动，他所经过的每一个地方，都有大量的老鼠从各个隐蔽处涌出来。

这些数不清的老鼠，有大有小，有长身子的、短身子的，有红色的、白色的，大部分是灰黄色的。它们不断涌向吹号手，有的在跑，有的在跳跃，似乎是在随着号声起舞。就连那些尚未长出体毛的小鼠崽，也费劲地跟在大老鼠们的屁股后面。

吹号手见附近的老鼠几乎全被吸引出来了，便走出城门，走向河边，他仍然不停地吹着号，那些老鼠排成长队，不停地叫着、跑着，紧紧地跟在吹号手身后。

人们纷纷从家里跑出来，见到这样的情景，都惊讶地瞪大了眼睛。

吹号手走到河堤上，连衣服都没脱掉就走进河水中，继续吹号。老鼠们也纷纷跳进河里，很快都被淹死了。就这样，除了一只老鼠侥幸逃脱外，所有的老鼠都命丧河中。

百姓们都欢天喜地，载歌载舞，互相祝贺。

接着，吹号手又去了其他的地方，用同样的方法除掉了当地的老鼠，化解了当地的灾难。

每到一个地方，当人们看到大量老鼠在水中淹死后，立刻到处搜寻鼠洞，将其捣毁或者填平，以绝后患。

消除了全国的鼠灾后，吹号手又回到王宫面见国王，国王兴高采烈地接待了他，再三向他道谢，却绝口不提金币的事。

吹号手只好开口说："英明的陛下，我已经帮助你们化解了鼠灾，我很开心，不过，陛下也不要忘了自己的承诺。"

不料国王却绷起了脸，心想：一百枚金币我可不想出！他只不过是轻松地吹了吹号，如果这样就能获得那么多金币，太不合理了。那些老鼠都已经被淹死了，不可能再复活，我不给吹号手那么多金币，又有什么关系呢？

于是，国王无耻地说："对不起，那不过是一句玩笑话，您何必当真呢！我给您十五枚金币算了，您一个老人家，也用不了那么多钱吧？"

吹号手非常气愤，恨恨地盯着国王说："作为一个国王，你居然背信弃义。你也是位高权重的人啊，真的不应该食言！快把一百枚金币交出来！得到金币后我立刻就走，不会再为难你！"

见对方这样强硬，国王愤怒地说："你这个贪婪之徒！你不就是简简单单地吹了吹号吗？居然就想要一百枚金币。我给你十五枚金币，还是因为可怜你，以你所做的事，最多只能换三枚金币。一个农人干一整天的活，报酬还不足一枚金币的十分之一，你不过是随便吹吹号，却妄想拿到一百枚金币，那不是做梦吗？"

吹号手冷冷地说："你可以不给，但是如果我再把小号吹起来，你就算后悔也来不及了！"

国王跳了起来，厉声大吼："那你就吹吧，你以为我们全国人还能怕了你吗？你能把那些死老鼠吹活过来，我就佩服你！"

吹号手反而冷静了下来，说："虽然我没法将死老鼠吹活，但是，你很快就会看到，接下来会发生什么样的事情！"

他走出王宫，又取出那支小号吹了起来。听到了响亮悦耳的号声，孩子们兴奋地从家里跑出来，紧紧地跟在吹号手的后面，好像着了魔似的。

这些孩子有大有小，高矮不一，年龄从三岁到十岁不等，其中还有国王的几个孩子。国王的大儿子大声唱起歌来，他唱了第一句，其他的孩子就接着唱第二句：

听到了号声，那就快来吧！
啊，我们是多么幸福，
我们尽情地享受大饼和烤肉的美味。
啊，我们是多么幸福，
我们尽情地享受蜂蜜和牛奶的美味。
啊，我们是多么幸福，
我们开心地骑马射箭。
啊，我们是多么幸福，
我们就生活在天堂里。
啊，我们是多么幸福！

孩子们的父母哪里知道吹号手和国王之间的矛盾，还以为是可敬的吹号手在带孩子们玩游戏呢，都兴致勃勃地站在旁边观看，心里还很感激吹号手给孩子们带来欢乐。

可是，见孩子们跟着吹号手走向城外时，那些父母便觉得不对劲了，很担心孩子们会像那些老鼠一样，被吹号手带进河里淹死。

不过，吹号手并没有走向河边，而是走向了远处的大山。他仍然吹着号，孩子们仍然紧跟着他。

国王和百姓们慌慌张张地赶到城门外张望。国王想：哼，这些孩子才不会爬到山上，你还能玩什么把戏？

吹号手带着孩子们来到大山脚下时，大家看到大山竟然裂开一道巨大的口子。吹号手走进这个裂口中，孩子们也争先恐后地跟了进去。紧接着，这个大裂口一下子合上了。只有一个孩子来不及走进裂口中，正手足无措地站在山前。

见此情景，那些父母都失声痛哭。国王只有四个孩子，而这些孩子全都已经被关进了大山里。

国王伤心欲绝，泪流满面。可怜的百姓们还不知道这场灾祸是因国王失信而起的呢！

那个幸存的孩子的父亲奔到山脚下，紧紧地抱住孩子，亲个不停，脸上淌满了眼泪。

所有的人都拥了过来，问那个孩子为什么紧跟着吹号手。

孩子说：“我们听得懂那个人的号声，意思是我们只要跟着他向前走，就能得到自己最喜欢的东西。那号声还说，‘蜂蜜多得汇成湖，牛奶多得像河流，你们可以尽情地吃喝。还有香喷喷的烤肉和松软的大饼，你们可以尽情地享用’。”

父母们都悲伤地哭泣起来，发疯似的喊着自己孩子的名字，简直是惊天动地。

这时，那只当初没有被引到河中淹死的老鼠出现在大家面前，说：“我和这个孩子一样。当初，吹号手也是用号子声告诉我和我的同类们，只要过了河，就可以到一个比天堂还美妙的地方，那里有堆得像山一样的大米、肉等食物，那里绝对舒适和安全，没有我们的天敌。于是，我们兴奋地跟着他来到河边，当我的同伴们纷纷跳到河里时，忽然一颗小石头打中了我的脑袋，我吓得急忙转身逃走。唉，要不是这样，现在我已经和我的同伴们一样，在那个胜过天堂的地方过上幸福的生活了。现在，它们一定都已经长胖了，只有我孤零零地留在这里。”

此时，百姓们的哭声不绝于耳，个个泪眼模糊。国王更是心如刀绞。

往后的日子里，国王不断派士兵去寻找孩子们，可是一连几个月都一无所获。

纸是包不住火的，不久后，几位了解内情的大臣对一些百姓说：“告诉你们，这桩不幸的事情都是由国王引起的。如果不是他得罪了那个吹号手，孩子们现在还好好地待在家里呢。”

百姓们说：“原来如此，我们正想不通吹号手为什么要害那些无辜的孩子。你快说，国王是哪里得罪吹号手了？”

大臣们把国王因为食言而激怒吹号手的事告诉了大家。

百姓们顿时怒气冲天，愤怒地冲进王宫，放火焚烧宫殿。国王吓坏了，连鞋子也顾不得穿上，心惊胆战地从卧房里跑出来，问大家发生了什么事。

百姓们见到他，更是怒不可遏，大叫着向他冲过来，嘴里喊着“都是你食言，把我们害惨了！”……

国王吓得脸色煞白，惊叫着逃出城外。百姓们才不会放过他，紧紧地追在他身后。这位众叛亲离的国王，最后犹如丧家之犬一般逃到了别的国家。

王宫里乱成了一锅粥，王后气愤地离开王宫，回自己的娘家去了。大火一连烧了三天三夜，将整座豪华气派的王宫烧成了一堆灰烬。

国王的魔鼓

从前，在非洲的一个王国里，住着一位非常富有的国王，他拥有许多农场和数百名仆人，还有漂亮健康的妻子和许多可爱的孩子。他的王族人丁兴旺，王国繁荣昌盛。

这位国王最珍贵的宝物是一面神奇的魔鼓。这面鼓有着不可思议的力量——只要轻轻敲响它，丰盛的美食和甘甜的饮料就会立刻出现在眼前！国王每隔几个月就会举办一次盛大的宴会，邀请所有的臣民一起享用美食。在他的统治下，王国里的每个人都幸福满足，因为国王为人和善公正，爱好和平。

“我们的国王真是太慷慨了！”人们常常这样赞美道，“有了魔鼓，我们再也不用担心饥饿了。”

这面神奇的鼓不仅能提供食物，还能阻止战争发生。每当邻近的部落想要发动战争时，国王就会召集所有敌人，当着他们的面敲响魔鼓。刹那间，眼前就会出现满桌的美食：鲜嫩的鱼肉、香浓的淀粉糊、棕榈油烹制的肉类、热气腾腾的汤、煮得软烂的山药、爽脆的洋葱，以及大量的棕榈酒。

看到这么多美食，敌人们立刻就会忘记打仗的事，高兴地丢下

武器，一个个扑向食物。等到他们吃饱喝足，摸着圆滚滚的肚子，哪里还记得要战斗呢？他们只会感谢国王的慷慨，和平就这样降临了。国王常说："当人们都能吃饱饭的时候，他们就不会再想着互相伤害了。"

在那个时代，人与动物和谐相处，国王也会用魔鼓招待森林里的动物们。大象、河马、狮子、猎豹、羚羊、野牛、野兔、乌龟等都会前来享用盛宴，然后返回森林。

每个人都梦想拥有这样一面神奇的鼓。但国王十分谨慎，总是小心地看守着它，和魔鼓几乎形影不离。关于这面鼓，有一个连国王自己都不愿提及的秘密：如果鼓的主人踩过路上的树枝或者跨过倒在地上的树，那么下次敲响鼓的时候，就会出现三百名凶猛的武士，他们会用棍棒和鞭子痛打鼓的主人和其他所有在场的人。

正因为知道这个秘密，国王外出时总是非常小心，从不踩树枝或跨越倒地的树木，所以每次敲响魔鼓，变出来的总是美味的食物。

有一天早晨，国王的妻子带着小女儿去泉水边洗澡，恰好有一只乌龟在附近的棕榈树上，正在弄开棕榈果准备吃午餐。

"啪嗒"一声，一颗棕榈果不小心掉了下来，正好落在小女孩面前。

"妈妈，我要吃这个！"小女孩看到美味的棕榈果，立刻叫着伸手去拿。

母亲环顾四周，没有看到乌龟，以为这只是自然掉落的果子，就捡起来递给了女儿。

"咔嚓咔嚓"，小女孩高兴地吃了起来。

乌龟从树上看到了这一幕，立刻爬下来，气呼呼地问道："夫人，我的棕榈果哪儿去了？"

"哦，我女儿已经吃掉了。"王后回答道，"我以为是自然掉落的果子。"

乌龟心中一动，他一直都想得到国王的魔鼓，这不正是个好机会吗？他装出一副可怜的样子说："我很穷苦，全家都饿着肚子。我辛辛苦苦爬上树，就为了给家人找点食物，可你却拿了我的棕榈果给你的孩子吃。我一定要把这件事告诉国王，看他知道自己的妻子偷了别人的食物后会怎么说！"

在这个国家，偷别人的食物是非常严重的罪行。王后听了心里一慌，忙说："我看到果子掉在地上，以为没人要才给孩子吃的。我不是故意偷你的东西，我也不知道那是你的啊！我丈夫是国王，他很富有，如果你有什么不满，我可以带你去见他。"

很快，王后就带着乌龟来到了国王面前。国王正坐在一棵大树下和大臣们商议国事。

乌龟走上前，深深地鞠了一躬，问道："尊敬的国王，在我们这片土地上，偷取别人的食物是不是最严重的罪行之一？"

国王点头回答："是的，食物对每个人都很重要，偷别人的食物确实是严重的罪行。"

乌龟立即开始讲述事情的经过，说自己如何为饥饿的家人采集棕榈果，国王的妻子又如何"偷"了他的果子给女儿吃。

国王听完非常为难。他已经当着众人的面说过，偷食物是严重的罪行，而现在自己的妻子却被指控做了这样的事。作为一个公正的国王，他必须处理好这件事。

“那么，我该如何补偿你呢?”国王问乌龟。

“您可以给我点东西。”乌龟说。

“好的，我给你十枚金币。”国王说。

“不，我不要钱。”乌龟拒绝了。

“那么布匹、玉米和棕榈油如何?”

“不，我也不要这些。”

“那山羊、母鸡、仆人呢?”

“都不要!”乌龟坚决地摇头。

国王有些不耐烦了:“那你到底想要什么？你可以拿走你想要的任何东西。”

乌龟立刻指着国王的魔鼓说:“我只想要那个。”

国王愣住了。他是个言出必行的人，既然已经说乌龟可以拿走任何东西，那魔鼓自然也包括在内。他无奈地说:“好吧，拿走吧。”

但国王并没有告诉乌龟关于鼓的秘密——踩过树枝或跨过倒地的树木会带来厄运。

乌龟欣喜若狂，抱着魔鼓回了家。

“亲爱的，看我带回了什么!”乌龟对妻子喊道，“我现在是个富翁了！不用再做任何工作，只要我想要食物，敲一下这个鼓，食物和饮料就会立刻出现，应有尽有!”

乌龟的妻子和孩子们都高兴得跳了起来。

“爸爸，快敲鼓吧，我们都饿了!”孩子们催促道。

乌龟迫不及待地想要炫耀一下，就像之前国王做的那样，敲响了魔鼓。果然，桌子上立刻出现了各种美食！一家人坐下来享用了一顿丰盛的晚餐。

接下来的三天，乌龟一家除了吃饭和睡觉，什么事也没干。一家人都变胖了，肚子圆圆的。乌龟对自己的聪明感到非常得意。

为了向大家展示自己的“财富”，乌龟向所有人和动物发出邀请，请他们来参加宴会。

“乌龟请客？他不是很穷吗？”大家都觉得很好笑，所以宴会那天只来了很少的人。

但当乌龟偷偷敲响魔鼓，使桌上出现丰盛的食物时，所有的客人都惊呆了：这只出了名的穷乌龟怎么突然能招待这么多人？

参加宴会的客人回家后都向亲朋好友讲述了这场盛宴。那些没去的人后悔极了，因为错过了免费的美食。渐渐地，大家都认为乌龟是王国中最富有的动物之一，他赢得了众人的尊重。

除了国王，没有人知道乌龟是怎么突然变得如此富有的。但大家都决定，如果乌龟再举办宴会，一定不会拒绝邀请。

得到魔鼓几周后，乌龟变得越来越懒惰，不愿工作，整天吹嘘自己的财富，还经常喝得醉醺醺的。

有一天，他在远处的一个农场里喝了很多棕榈酒，醉醺醺地往家走。因为喝得太多，他没注意到路上有一根树枝，直接踩了上去。

“咔嚓”一声，诅咒立即生效了。但乌龟浑然不觉，因为当时没有任何异常情况发生。

回到家后，乌龟已经很疲倦，而且因为喝了太多酒而感到不舒服，因此他随手把魔鼓扔在角落里就去睡觉了。

第二天早上，乌龟和家人都有点饿了，他拿起魔鼓敲了一下。

这一次，出现的不是食物，而是挤满了房间的武士！他们手持棍棒和鞭子，开始猛烈地殴打乌龟一家。尽管乌龟们有坚硬的壳，但三百名武士的攻击还是让他们痛苦不堪。

等武士们终于消失后，乌龟气得直跺脚："我邀请大家来吃饭，让他们享用了美食。现在鼓的魔力用完了，我和家人想吃点东西，却被武士痛打一顿。凭什么只有我们遭罪？既然我们挨了打，那别人也应该挨打！"

乌龟立即向所有人和动物发出新的邀请，说第二天下午三点将举办一场更加丰盛的宴会。

消息传开后，几乎所有人都来了，只有国王和他的妻子找借口没有前来。上次参加过乌龟宴会的人对宴会赞不绝口，其他人可不想再错过免费用餐的机会，连生病和残疾的人也被朋友们搀扶着来了。

宴会开始前，乌龟偷偷把妻子和孩子们送到灌木丛中藏起来，自己则留在家里等待客人。

客人们蜂拥而至，当所有人都到齐后，乌龟像往常一样敲响了魔鼓，然后迅速躲到了长凳下面，那里没人能看见他。

鼓声刚落，三百名凶猛的武士就出现了！他们开始用鞭子和棍棒痛打所有的客人。因为门被锁上了，客人们无处可逃，一个个被打得鼻青脸肿。

这场惩罚持续了两小时。宴会结束时，客人们都伤痕累累，有些甚至昏了过去，需要朋友背回家。所有人都愤怒至极，他们饿着肚子来，却挨了一顿毒打，都发誓要向乌龟报仇。

乌龟知道大祸临头，决定第二天就把魔鼓还给国王。反正鼓已经失去魔力，不能再给他带来好处了。

第二天一早，乌龟就带着鼓去见国王，告诉他自己对鼓不满意，希望换取其他东西。

“我不介意您给我什么，只要价值相当就行。”乌龟说，“比如一些仆人，或几个农场，或同等价值的布料和食物。”

国王拒绝了乌龟的要求，但他对乌龟的遭遇表示同情，决定给他一棵神奇的“糊糊树”。

“这棵树上每天都会有山药糊和汤流下来。”国王解释道，“但记住，每天只能收集一次食物。如果在同一天内两次去收集，糊糊树就会永远消失。”

乌龟感谢国王的慷慨，扛着树回到了家，小心翼翼地把它种在灌木丛中一个隐蔽的地方，不让任何人发现。

有了能每天提供食物的糊糊树，乌龟又恢复了自信。他让妻子带上十个葫芦跟着他走。

“我们要去哪里？”妻子好奇地问。

“你跟着来就是了。”乌龟神秘地说。

当妻子看到糊糊树时，几乎不敢相信自己的眼睛。她用五个葫芦接满了树上流下的白色山药糊，又用五个葫芦接满了香浓的汤。

乌龟夫妻带着满满的葫芦开心地回家了，那天晚上他们享用了一顿美餐。

“爸爸，这么好吃的食物是从哪里来的？”孩子们好奇地问。

乌龟不愿告诉他们，因为他记得国王的警告：糊糊树每天只能使用一次，如果第二次去收集食物，树就会消失。

乌龟的大儿子非常贪婪。他心想：爸爸从哪里弄来这么多好吃的？他是不是还有更好的食物藏起来了？我一定要问个清楚。

“爸爸，请告诉我这些山药糊和汤是从哪里来的？”大儿子问道。

但乌龟坚决不告诉他。乌龟的妻子也支持丈夫的决定：“如果孩子们知道了糊糊树的秘密，万一哪天我们吃完了当天的食物后他们

又饿了，说不定就会去拿更多的食物，那样糊糊树就会消失的。”

贪婪的大儿子决定跟踪父亲，找出食物的来源。这很困难，因为乌龟总是独自外出，而且非常小心，不让任何人跟踪。

大儿子很快想出了一个聪明的计划：他找来一个长颈葫芦，在顶部钻了个洞，往里面装满了炭灰。然后，他在父亲经常背的包的底部割了个小洞，把葫芦颈部向下插进去。这样一来，当父亲背着包走路时，后面就会留下一条炭灰的痕迹。

第二天，乌龟像往常一样背上包出发去糊糊树那里。他不知道的是，包里的炭灰正在慢慢地撒落，在地上形成了一条清晰的痕迹。他贪婪的大儿子悄悄跟着这条痕迹，小心翼翼地躲藏，不让父亲发现。

乌龟来到糊糊树下，把葫芦放在地上，收集了当天的食物。他的儿子远远地看着这一切，将食物的来源牢牢记在心里。

父亲收集完食物往回走，大儿子赶紧抄近路先回到家，装作若无其事的样子。当天晚上，一家人享用了丰盛的晚餐，大儿子什么也没说，就去睡觉了。

第二天早上，大儿子叫上几个弟弟：“我有个秘密要告诉你们，但你们必须发誓不告诉爸爸妈妈。”

弟弟们发誓保守秘密，大儿子便带他们来到了糊糊树附近。他们在隐蔽处等父亲收集完当天的食物离开后，又跑去树下收集了更多的山药糊和汤。

就这样，诅咒生效了。第二天，乌龟像往常一样去找糊糊树，却怎么也找不到了。一夜之间，灌木丛中的植物都长高了，把糊糊树遮得严严实实，看不到一点踪影。在原来糊糊树的位置，只有一堆密密麻麻的刺棕榈。

乌龟立刻明白发生了什么——一定是有人在同一天第二次从树上收集了食物。他垂头丧气地回到家，把坏消息告诉了妻子。

然后，乌龟把全家人召集起来，告诉他们发生的事情，问谁去收集了糊糊树的食物。所有人都否认与此事有关。

绝望的乌龟带着全家来到糊糊树原来生长的地方，指着那片刺棕榈说："我亲爱的妻子和孩子们，我已经为你们做了一切能做的事，但你们中有人破坏了我的好运，我已经无能为力了。从今以后，你们只能靠自己在灌木丛中寻找食物了。"

说完，乌龟钻进了灌木丛，他的妻子和孩子们也只好跟着爬了进去。

从那以后，乌龟一家就生活在刺棕榈附近，日复一日寻找那棵消失的糊糊树，因为他们再也没有别的地方可以找到食物了。

荒　年

有一个地方，已经好几个月没下过雨了，田地旱得裂开了口子，人们吃完了仅存的玉米和小米，牲口们啃光了田里最后几根玉米秆，整个地区的人和牲口一天比一天消瘦。

肯克伯嫌弃妻子德玛查做的饭太少了，一直在不停地抱怨。德玛查和小儿子马高达本来就饿得浑身发软，肯克伯这样的行为让她更恼火了，所以德玛查反驳说："是你自己打不到猎物。既然这样，你干吗不带点儿粮食回来？"

肯克伯觉得德玛查简直在说胡话，回嘴说："天旱成这个样子，我去哪里弄粮食？现在地里长出来的不是粮食，是热浪。"

德玛查是个机灵的女人，而且婆婆还教给了她一些巫术。她对丈夫说："重新找个地方生活太麻烦了，还不如去求助亲戚。我父亲生活的那个地方就不会有荒年，如果把我们的情况告诉他，他肯定愿意帮忙。"

肯克伯一听，很愿意去跑一趟。他想：我去了老丈人家，肯定会受到热情的招待。老丈人住的地方是温暖的谷地，我去了之后，不仅能吃饱，还能吃得特别好。于是，他带着两只狗——通通结和姆邦波索结列——就出发了。

肯克伯饿了太久了，身上一点儿力气也没有，和他做伴的那两条狗也瘦巴巴的，他们走了将近一天才到了老丈人的家。肯克伯看到这里的山坡上有嫩草，小河里河水丰盈，联想到传说里的富庶之乡巴布卡，轻轻说道：“虽然我没有见过巴布卡，但是我觉得我快能吃饱了！”

和肯克伯想象的一样，他受到了老丈人的热情招待。老丈人命人选一头最肥的牛宰了，然后问他：“孩子，你们那儿有什么新鲜事儿发生吗？”

肯克伯回答：“哎，父亲，我们那儿能发生什么新鲜事儿啊！我们都快饿死啦！”

老丈人感叹：“说实话，你们住的地方真不怎么样！你们应该搬过来和我们一起住。”

肯克伯敷衍地回答：“是呀……”他现在满脑子都是牛肉的滋味，眼睛滴溜溜地盯着人们宰牛。

过了一会儿，肯克伯问：“父亲，我看家里有不少食物啊。”

老丈人听见肯克伯的话，一脸得意，说：“是啊，家里还有一些粮食，可以让你带回去给我的女儿吃。”

宰的那头牛太大了，一直吃了六天才吃完。吃完肉以后，他们一家子又吃了煮牛蹄子和牛骨头里的骨髓，最后小骨头也让通通结和姆邦波索结列吃完了，肯克伯还是没有回家的意思，老丈人这回有些纳闷了。他又给肯克伯准备了七袋粮食，还让几个女儿把粮食送到他家里去，可是肯克伯还是没有离开的打算。老丈人又不好意思把人赶走，就开始琢磨："难道我把女儿嫁给了一个游手好闲的懒汉？他看起来还没有树林里的羚羊懂事，这样，我的女儿可要过苦日子了！"

肯克伯吃饱喝足，终于想起了自己的家，发现老丈人早就替他准备好了粮食，用羊皮口袋装着。德玛查的姐姐们把口袋顶在头上，一大清早就跟着他和他的狗出发了。

肯克伯走在路上，想：我当时来的时候，双腿发软，眼冒金星，可是现在呢，我感觉自己有使不完的力气。于是，肯克伯边走路边唱歌。

他们一行人刚爬到高山顶上，肯克伯的脑子里就冒出来一个坏主意：这些粮食我自己都不够吃，哪里还能分给德玛查和孩子们？我要把这些粮食都藏起来。等走到荒凉的岩石堆，肯克伯就对姑娘们说："这儿离我家不远了，我自己可以扛回去，你们把口袋撂在地上，赶紧回去吧，这样天黑之前还能赶到家。"

姑娘们早就想离他远远的了，一听到这话，就赶紧把口袋扔在地上，跑回去了。

肯克伯把粮食搬进岩石下面的一个小山洞里，然后找到了一块扁平的大石头和一块较小的圆石头，蹲在地上开始碾小米。他随身带的葫芦里有水，他就用这些水把磨出的面和成了面团，然后把面团搓成了长条儿，看起来就像人们荒年里用来充饥的一种野草根——楠格薇根。

肯克伯小心翼翼地把面做的"楠格薇根"装进了自己的皮口袋，然后用树枝堵上了洞口。出来后，他采摘了一些真的楠格薇根，也放在皮口袋里，和面放在一起。

肯克伯回到家的时候，天已经很黑了。德玛查听见熟悉的狗叫声，就打开了门。肯克伯进到屋里，坐到了炉边。妻子开始扇火，她看见肯克伯的脸变圆了，就问："你把粮食带回来了吗？"

肯克伯摇摇头，说："父亲那边也闹旱灾，到处都是挨饿的人，我去了好几块田地，全都没有粮食，只好空手回来了。不过，我在路上挖了一些楠格薇根带回来。"

德玛查说："没办法，那就只能吃它了，现在家里一点吃的也没有了。"

肯克伯给妻子一把楠格薇根，自己拿了一把小米面做的"楠格薇根"，坐到了炉子一边。这时候，他们的儿子马高达醒了，饿得哇哇直哭，母亲让他下床过来吃东西。马高达爬下床，坐到母亲身边，问道："为什么爸爸烤的那根那么香，我们的不香？"

母亲说："男人和女人烤出来的味道不一样，爸爸是男人。"

半夜，德玛查起来添火，看见灰烬里有一小段"楠格薇根"，是丈夫吃剩的，德玛查不忍心浪费，就捡起来吃了。这段"根"嚼起来又香又酥，她一下子就明白了，肯定是肯克伯欺骗了自己。

第二天一早，马高达刚睁开眼，就看见父亲抱着一个小瓦罐出门了，看起来鬼鬼祟祟的。马高达晃醒还在熟睡的德玛查，说："妈妈，妈妈！爸爸抱着你的瓦罐出门了！"

德玛查起身一看，火炉上的瓦罐果然不见了，大门大开着。德玛查带着马高达追出去，看到肯克伯一直往岩石方向走去。德玛查和马高达就偷偷地跟在肯克伯身后，而肯克伯以为妻子和儿子还在睡觉，一路上都没有回头，大摇大摆地进了山洞。母子俩躲在岩石后面，看见肯克伯从山洞搬出来一袋小米和磨面的工具，开始在洞口碾小米。

德玛查看到肯克伯竟然私藏了一整袋小米，很生气，就和儿子一起把悬在洞口上方的大石头推了下去。肯克伯听见动静，抬头看见一块大石头正从山上滚下来。肯克伯站起身来，拔腿就逃。德玛查施展巫术，让石头跟着肯克伯。肯克伯跑过岩石地，爬上山坡，下到谷地，蹚过几乎没有水的小溪，穿过菜园，穿过房舍，那块大石头一直紧紧地跟在他身后。路上的人看见竟然有一块石头会追着人跑，都很奇怪。

德玛查趁机带着马高达走进山洞。他们看见山洞里有很多袋小米，特别高兴。德玛查把一袋小米搬出山洞，吩咐马高达用树枝堵上洞口，然后把小米顶在头上带回了家。

几个月以来，德玛查和马高达第一次吃了一顿饱饭。吃完饭，他们美美地睡了一觉。傍晚，德玛查开始动手做晚饭，就在这时，突然听见了一阵轰隆隆的声音，然后咚的一声停了下来。只见肯克伯悄悄从门缝里挤进来，安静地躺在火炉旁的地上，大口大口地喘气。他已经知道了石头是他妻子对他的报复。德玛查打量了他一下，仅仅过了一天，肯克伯就变瘦了，累得只剩一口气，很老实，就像个听话的小孩子。德玛查心想：这就对了，你从我父亲家回来的时候，明明还是白白胖胖的，肯定是吃饱了饭才带了粮食回来的。德玛查有点心疼自己的丈夫，但是脸上一点儿也没表现出来。

德玛查对肯克伯说："你可别想跟我要什么吃的，这些东西只够

我和儿子吃。”

肯克伯不敢提要求，就铺开席子，准备睡觉。德玛查不舍得让他挨饿，过了一会儿，就叫他一起吃饭了。

有时候，肯克伯会带着两只狗去打猎。有一天，他带回来了一只母羊和一只小羊。虽然他很想吃肉，但是想到有小羊在，母羊会一直产奶，就还是把两只羊关在牲畜栏里。

肯克伯和他的两条狗商量："我想吃肉，但是如果杀了母羊就没法喝奶了。这样吧，我把小羊宰了，你们装成小羊的样子去吮母羊的奶，这样，母羊就能不断地产奶了。"

通通结说："装成羊的样子，就没法汪汪叫了，我才没那么傻呢，我不去！"

肯克伯冲着姆邦波索结列问："那你呢？"

"可以啊，正好我想尝一尝羊奶的味道。"

于是肯克伯把小羊宰了，剥下小羊皮，套在狗身上。母羊没有认出那不是自己的孩子，每天辛勤地产奶。肯克伯一家吃了小羊，又恢复了一些力气。

有一天，肯克伯跟在姆邦波索结列身后等着挤奶，结果它喝起来没完没了的，肯克伯等得不耐烦，就举起棍子打了它一下。姆邦波索结列挨了打，汪一声就叫了出来。母羊回头一看，意识到每天喝奶的竟然是一只小狗，十分恼怒，立刻就挺着犄角冲肯克伯撞了过去。母羊追着肯克伯满村跑。德玛查听见外面乱哄哄的，赶紧跑出来看，对自己的丈夫喊："爬到石头上！"

肯克伯听见妻子的指挥，就冲着那天追着他跑的魔石跑过去，

“嗖”一下就跳了上去。羊来不及停下，“咚”一声就撞上了石头，然后晕死过去了。

肯克伯蹲在石头上乐呵呵地说：“这回我们可以大吃一顿了！”他把喝奶的事儿完全丢到脑后了。德玛查和马高达取来刀，三人一块动手宰羊。

等他们准备烤肉的时候才发现火熄灭了。原来，德玛查刚才光顾着切肉，忘了添柴火，火就熄灭了。三人使劲吹那几块炭，可是怎么也着不起来。

德玛查说：“我们和狗不一样，可不能吃生肉。马高达，给你块肉，你拿着去隔壁村换一块烧着的炭火回来，路上你吹着点，千万不能灭了。”

两只狗正开心地啃骨头，谁也不愿意和马高达做伴，马高达只好自己去借炭火。他把肉小心翼翼地藏在怀里，紧张兮兮地走进了第一户人家，结果被人赶了出来：“我没有火！你为什么不跟邻居借？你赶紧离开我家。”

马高达只好又往前走，可是不管他去谁家，都会被赶出来。

最后，马高达来到了一座破旧的小房子里，房子里只有一位瘦弱的老奶奶。马高达又累又委屈，哭着乞求老奶奶：“求求您给我一块炭火，或者一段有火的木头，妈妈让我出来借火，可是我走遍了整个村子都没有借到，求求您了。”

老奶奶在火炉旁边蜷坐着，马高达说了半天，她还是一直摇头。马高达狠狠心，掏出了藏在怀里的肉。老奶奶一看见肉，立刻从火炉里抽出一根烧得正旺的木头，塞到了马高达手里，然后大喊：

“肉，快把肉给我！”

马高达把肉扔给老奶奶，拿着火把赶紧朝家跑去。他生怕火灭了，一路上都小心地护着。

马高达借火的事情早就引起了别人的关注，他们守在老奶奶门前，见马高达拿着火把跑了，不一会儿，又闻见屋子里传出来一股香喷喷的烤肉味儿。

他们兴奋地大叫着：“肉呀！这是肉味！”然后就冲进屋子，抢走了老奶奶的羊肉。“肉是那个小孩子送来的！他家里一定还有！赶紧出去追他！”

他们追在马高达的身后，大喊：“别跑！别跑！”马高达听见他们的喊声，跑得更快了。他冲进家门，对父母说：“快藏起来！快！快！”

德玛查一下子就明白肯定是有人盯上了他们家的肉，赶紧和马高达一同跑出去，藏在了森林里。肯克伯舍不得那些羊肉，就带着一只羊后腿，藏在了离家不远的岩石后。那些人找到了羊肉，狼吞虎咽地吃完了。然后，这些人就继续在肯克伯家和周围翻找食物。那些人路过肯克伯藏身的地方，闻到了肉味儿，顺着又找到了肯克伯和他私藏的一只羊腿，那些人不仅吃光了那只羊腿，还威胁要打肯克伯，肯克伯赶紧逃跑了。

有个人说：“他藏在这里，他的老婆孩子一定也离得不远！”不一会儿，他们就找到了德玛查，把她带回村子里了。等到马高达回家，发现全家只剩下他一个人了，不过，还好有两只狗和他做伴，他们挤在火炉旁，一会儿就睡着了。

德玛查被关了起来，不过没过多久，她就想出了逃跑的主意。她藏起对孩子和丈夫的关心，装作一副满不在乎的样子，问：“你们想喝啤酒吗？”

那群人觉得她在说胡话，问：“我们连吃的都没有，哪里来的粮食酿啤酒？”

德玛查说：“那你们就不用操心了，我丈夫之前在山洞里藏了两袋小米，酿啤酒肯定是够了！”

男人们非常兴奋，命令德玛查赶紧去山洞把小米带回来，还派了两个男人一起扛米，并监视她。

德玛查的酿酒技术很高，很快就酿出了啤酒。德玛查邀请全村的男人畅饮一番。一开始，男人们吵吵闹闹，闹得动静很大，渐渐地，声音越来越小，到最后全都醉倒了。

德玛查看到男人们都醉倒了，心想：终于可以逃出去了，也不知道我的儿子现在怎么样了。她轻轻地走出屋子，然后撒腿就跑。虽然路上黑漆漆的，看起来很恐怖，但是她想着自己的家，就大着胆子跑回去了。到了家门口，她看见那块魔石还在，大门紧闭着。

她趴在门上喊：“马高达！马高达！你在家里吗？”

通通结最先听见了德玛查的声音，开心地叫：“汪！汪！”不一会儿，姆邦波索结列也开始叫。

德玛查的心怦怦乱跳，她知道孩子肯定在家，于是提高嗓门叫道：

“醒醒，醒醒，马高达！妈妈来接你了！”

马高达听见妈妈的声音，赶紧跑过来开门，刚打开门，两只狗就从门后蹿了出来，差点儿把德玛查扑倒。马高达一把抱住了妈妈。

“孩子，我们得赶紧走。这些锅碗瓢盆什么的，我们都不要了。趁天没亮，我们赶紧走吧，妈妈带你去外祖父家。”

临走前，德玛查对魔石说：“你就待在这里，监视我逃回来的那条路，如果有人追过来，你就滚过去，一定要挡住他们。”然后，马高达就看见巨大的魔石朝德玛查来的那条小路上滚过去了。德玛查朝着另一个方向离开了，马高达跟在她身后，两人手里都拿着防身的棍子，后面是两只活蹦乱跳的狗。

他们赶了一夜的路，直到第二天天亮才赶到了德玛查的父亲家。

父亲高兴极了，对德玛查说：“亲爱的女儿，欢迎你回家！我早就发现肯克伯是个不靠谱的人，你能离开他，我真是太高兴了。从今天起，你们就住在父亲这里，我们一家人好好过日子。”

这件事已经过去很多年了，可是直到今天，在阿马霍沙部落，“肯克伯”在人们心中还是自私自利的代名词。如果有谁私吞食物，不懂得分享，人们就会羞辱他，管他叫“肯克伯”。

野兔与狗狗国王

很久以前，森林里的动物们生活在一起，但他们没有领导者，常常受到人类的威胁。一天，动物们开会商量：“我们需要选一位国王来保护大家。”

“应该选谁呢？”小鹿问道。

“必须是与人类关系亲密的动物，这样才能了解人类的想法。”狐狸建议道。

最终，大家一致推选了忠诚的狗狗旺旺作为国王。只有一只名叫帕沙的野兔对此非常不满，他暗自嘀咕：“凭什么是旺旺当国王？我比他聪明多了！”

恰巧那年发生了严重干旱，所有河流都干涸了，动物们口渴难耐。旺旺国王召集大家开会商量对策，会议开始时，除了帕沙，所有动物都到齐了。

旺旺国王站在高处发表演讲：“亲爱的森林居民们，感谢大家参加今天的会议。我们必须团结一心，共同度过这次干旱危机……”

正当旺旺国王讲得慷慨激昂时，帕沙背着一个小包，哼着歌姗姗来迟。全场顿时安静下来，所有目光都转向了迟到的野兔。

“帕沙，你为什么迟到？”旺旺国王严肃地问道。

帕沙从容不迫地回答：“尊敬的国王，我去村庄拜访了那位神通广大的巫师，想找到解决干旱的方法。”

“巫师怎么说？是河流被诅咒了吗？”旺旺国王急切地问。

“没错！巫师告诉我，我们的河流确实被施了魔法。”帕沙神秘地说，“而且，他还给了我一件神奇的宝物来解除魔咒。”

所有动物都屏住了呼吸，等待帕沙展示那件宝物。帕沙慢悠悠地打开包袱，拿出一根又大又香的骨头，轻轻放在旺旺国王面前。

旺旺国王看到骨头，眼睛瞬间亮了起来。他完全忘记了自己是国王，像普通狗狗一样扑向骨头，津津有味地啃了起来。

其他动物看到这一幕，都哄堂大笑起来。

“看看我们的国王！”大象摇着头说，“一根骨头就能让他忘记职责！”

“这样的国王怎么能保护我们？”小兔子们附和道。

动物们一致同意换一位新国王，帕沙就这样成功当上了森林之王。从那以后，每当狗看到野兔，就会拼命追赶，因为他们想要夺回失去的王位。

野兔与森林精灵

有一天，野兔找到住在灌木丛中的森林精灵，恭敬地说：“伟大的精灵大人，您是这片灌木丛的守护者，我有一个小小的请求。”

“说吧，小家伙。”精灵温和地问道。

“我希望您能增强我的智慧，让我成为森林里最聪明的动物。”野兔诚恳地说。

精灵若有所思地看着野兔：“为什么你要比其他动物更聪明呢？”

“这样我就能更好地生存，也能帮助其他动物解决问题。”野兔解释道。

精灵点点头：“好吧，我可以满足你的愿望，但你必须先完成三个任务：第一，在这个葫芦里装满小鸟；第二，在那个葫芦里装满鹿奶；第三，找一条和这根棍子一样长的蛇。完成这些后，再来找我。”

野兔带着两个葫芦和一根棍子离开了。很快，他来到河边，等待动物们傍晚来喝水。太阳西沉时，许多小鸟飞来河边喝水，喝完后便在天空中嬉戏玩耍。

野兔灵机一动，故意在河边跳来跳去，大声嚷嚷：“不可能！这绝对不可能！没有那么多小鸟能装满这个葫芦，不可能！”

小鸟们被吸引过来，好奇地问：“野兔，你在说什么呢？”

野兔假装很烦恼：“哎，别提了！有人说你们这些小鸟能装满这个葫芦，但我不信。你们那么小，怎么可能装得满呢？”

小鸟们听了很不服气，叽叽喳喳地说：“你这是看不起我们！我们当然能装满这个葫芦！”

“真的吗？我不信。”野兔故意摇头。

小鸟们生气了：“不信？那你看好了！”

一只接一只，小鸟们争先恐后地钻进葫芦，直到葫芦装满。野兔赶紧用塞子堵住葫芦口，第一个任务完成了！

这时，一只母鹿来到河边。野兔又开始表演：“不可能！这不可能！没有鹿能产那么多奶装满葫芦！”

母鹿疑惑地问：“野兔，你在说什么？”

“有人说你产的奶能装满这个葫芦，但我觉得不可能。”野兔挑衅地说。

母鹿非常自信：“当然可以！不信我现在就证明给你看！”

母鹿让野兔往葫芦里挤奶，很快就装满了。野兔得意地笑了，随口说道：“哎呀，看来我输了。我要去告诉我表哥狮子。”

“狮子是你表哥？”母鹿吓得发抖。

“是啊，他就在附近，我这就去叫他过来。”

“不、不用了！我突然想起还有事，改天见！”母鹿一溜烟跑进树林，消失不见了。

野兔塞好第二个葫芦，笑着继续等待。不久，一条蛇游到河边喝水。野兔把棍子放在地上，开始测量：“一步、两步、三步……不可能！这棍子太长了，没有蛇能有这么长！”

蛇听见了，爬过来问：“你在嘀咕什么？”

“有人说你和这根棍子一样长，但我不信。”

蛇扬起头：“你是在质疑我的长度吗？我当然和棍子一样长！”

“那你证明给我看？”野兔挑衅道。

蛇立刻伸直身体，贴着棍子躺下：“看到了吗？我和棍子一样长！”

野兔迅速行动，把蛇的头和尾巴绑在棍子两端，三个任务全部完成！

野兔兴高采烈地回到精灵那里：“精灵大人，我完成了所有任务！这里有装满小鸟的葫芦、装满鹿奶的葫芦，还有和棍子一样长的蛇！”

精灵仔细看了看野兔带来的东西，笑着摸了摸野兔的头：“你确实完成了任务，但我不能增加你的智慧了。”

“为什么？”野兔惊讶地问。

“因为你已经足够聪明了！如果让你变得更聪明，恐怕连我都会被你骗到！”精灵哈哈大笑道。

野兔与避雨屋

在非洲，一年分为旱季和雨季。旱季时几乎不下雨，动物们常常口渴难耐；雨季则雨水充沛，但动物们无处躲雨。

一天，动物们开会决定："我们应该趁旱季团结起来，一起建造一座避雨屋，这样雨季到来时就有地方躲雨了。"

所有动物都积极参与建造工作，只有野兔每次都找借口推托："今天我头晕。""今天我腿疼。""今天我发烧了。"……各种理由层出不穷。

经过大家的共同努力，避雨屋终于在雨季前建好了。三天后，天空乌云密布，大雨倾盆而下。动物们都跑进避雨屋躲雨。

野兔看到大家都进去了，也若无其事地跳进避雨屋。其他动物立刻围了上来。

"你凭什么进来？"大象生气地问。

"建造时你没有出一分力，现在却想享用我们的劳动成果？"猴子指责道。

"出去！"所有动物一致喊道。

野兔被赶出了避雨屋，浑身被雨淋透。等雨停了，他没有像往常一样去找食物，而是准备了一根特别的笛子。

几天后，又下起了大雨。野兔悄悄溜进了空无一人的避雨屋，找了个隐蔽的角落藏起来。很快，其他动物们也陆续进来躲雨。

当所有动物都进来后，野兔突然吹起了笛子，发出可怕的尖锐的声音。动物们吓得魂飞魄散，争先恐后地冲出避雨屋。

“那是什么声音？”动物们惊魂未定地问。

“太可怕了！我从没听过这种声音！”小兔子们瑟瑟发抖。

大象派大鸨去侦察：“你去看看避雨屋里有什么。”

大鸨小心翼翼地靠近避雨屋，野兔看到他，又吹起笛子。大鸨被吓得飞快逃回来：“避雨屋里有个可怕的怪物！”

大象又派猫去查看。猫悄无声息地潜到门口，野兔再次吹响笛子。猫跑回来报告：“那怪物还在里面，我们回不去了！”

最后大象派了勇敢的鬣狗去。鬣狗刚靠近门口，野兔就吹起笛子。鬣狗连忙逃回来，还添油加醋地说：“那怪物用矛刺我，又想咬我，我好不容易才逃出来！”

大象无奈地宣布：“看来我们只能放弃这座避雨屋了，以后大家都不要靠近。”

于是，动物们再也不敢进那座避雨屋，只好另寻他处。野兔就这样获得了一个专属的雨季避难所。然而，他从此之后再也没有见过其他的动物伙伴，一直孤独地生活。

野兔与狮子

一天，野兔在森林中觅食，发现一棵大葫芦树上挂着一个硕大的蜂巢，野兔想里面肯定有美味的蜂蜜。但蜂巢的主人是森林之王狮子，他就住在树旁边。

野兔馋得直流口水，但他知道凭自己无法获取蜂蜜，于是决定找个帮手。路过老鼠家时，野兔敲门进去了。

“老鼠兄弟，我父亲去世了，留给我一个蜂巢。”野兔编造谎言，“我想请你一起去品尝蜂蜜。”

老鼠欣然答应，跟着野兔来到大葫芦树下。野兔指着树上的蜂巢说：“就是那个，我们一起上去吧。”

他们爬上树，点燃带来的稻草把蜜蜂熏跑，然后开始享用香甜的蜂蜜。正吃得起劲时，狮子回来了，在树下仰头问道：“谁在上面？”

野兔低声对老鼠说：“别出声，那家伙疯疯癫癫的。”

狮子等了一会儿没有回应，怒吼道：“快告诉我你们是谁！”

老鼠吓得脱口而出：“是我们！”

野兔见状赶紧对老鼠说：“快把我裹在稻草里，然后扔下去。叫狮子让开点。”

老鼠将野兔包在稻草中，对狮子说：“请让开一步，我要扔下稻草，然后再下来。”

狮子退后一步，老鼠把稻草包扔了下去。一落地，野兔就从稻草中钻出来，悄悄溜走了。而狮子一直盯着树上，没注意到野兔逃跑了。

“快下来！”狮子对老鼠喊道。

老鼠无奈地爬下树，立刻被狮子抓住：“刚才和你在一起的是谁？”

“你没看见我扔下去的野兔吗？”老鼠惊讶地问。

“没有！”狮子生气地说，一口吞下了老鼠，然后四处寻找野兔，但没找到。

几天后，野兔又找到了他的朋友乌龟：“乌龟兄弟，我父亲留给我一个蜂巢，我们一起去吃蜂蜜吧！”

乌龟警惕地问：“蜂巢在哪里？”

“在森林里的大葫芦树上。”野兔回答。

乌龟也爱吃蜂蜜，便跟着野兔来到大葫芦树下，一起爬上去吃蜂蜜。不久，狮子回来了，问道：“谁在上面？”

野兔对乌龟说：“别出声。”但乌龟已经起疑心了：他说这是他家的蜂蜜，那为什么狮子会来问？

当狮子第三次问时，乌龟回答：“是我们两个。”

狮子命令道：“那就下来！”

野兔急中生智，对乌龟说：“你把我裹在稻草里扔下去，我会在下面等你。别担心，狮子伤不了你。”

乌龟心想：“他想让我独自面对狮子的愤怒。”于是在包裹野兔时，故意大声说：“野兔下来了！”然后把野兔扔了下去。

狮子一把抓住野兔：“现在我该怎么处置你呢？”

野兔装作镇定：“你不能就这样吃我，我的肉很硬，不好吃。”

“那我该怎么办？”狮子问。

“你应该抓住我的尾巴旋转，让我头晕，再把我摔在地上，那样肉就会变软。”野兔建议道。

狮子照做了，抓住野兔的尾巴用力旋转。但就在要摔向地面的

一刻，野兔从狮子爪中滑脱，飞快地逃跑了。

狮子恼羞成怒，转向树上的乌龟："你也下来！"

乌龟爬下来后，狮子问："你的壳这么硬，我该怎么吃你？"

"很简单啊，"乌龟笑着说，"把我放在水里，用爪子摩擦我的背，直到壳脱落就可以了。"

狮子把乌龟带到水边，按照乌龟说的做。但乌龟一入水就游走了，狮子只是在摩擦水底的石头，直到爪子流血才发现被骗。

“好，野兔，”狮子怒吼道，“我一定要找到你！”

狮子开始四处打听野兔的住处，最终得知野兔住在山顶上。狮子爬上山，发现野兔不在家，就躲在屋里等待。

不久，野兔和妻子回家，野兔发现了地上的狮子爪印，立刻警觉起来：“亲爱的，你先去朋友家躲一下，我怀疑狮子在找我。”

野兔妻子离开后，野兔跟踪爪印到自己家门口，确定狮子藏在房子里。他站在远处喊道：“你好啊，房子！你今天好吗？”

等了一会儿，野兔自言自语地说：“真奇怪，我每天回来都问房子好，房子都会回答我。今天一定是有人在里面。”

狮子听了，立刻回应：“你好啊！”

野兔哈哈大笑：“狮子先生，你太愚蠢了！哪有房子会说话的？”

狮子又一次被愚弄，气急败坏地喊道：“等我抓到你，要你好看！”

“那恐怕要等很久了！”野兔说完，一溜烟跑远了。

狮子追了一阵，累得精疲力尽，最终不得不承认：“那个狡猾的家伙打败了我，我不想再和野兔有任何瓜葛了。”

贪婪的女人

从前，有两个女人。一个女人十分富有，另一个女人却十分穷苦。

穷女人一直靠卖树叶维持生活。有一天，她像往常一样把孩子背在背上，到了森林，她把孩子放在空地上，然后就去林子里扫树叶了。一只猴子看到孩子一个人坐在地上，就把孩子抱在怀里逗弄，然后抱着孩子上树了。

穷女人回来的时候，看见孩子不见了，吓得号啕大哭。孩子听见母亲的声音，也开始大哭，穷女人听见声音后就看到猴子正抱着孩子满树乱窜。穷女人开始唱歌，希望能用歌声安抚猴子。果然，猴子循着歌声，抱着孩子从树上下来了。

猴子把孩子还给母亲，然后问道："你的歌声这么优美，为什么每天要来这里扫落叶呢？"

穷女人悲伤地说："我扫落叶是为了换些钱，这样才能养活我们母子两个。"

猴子心生怜悯，于是对穷女人说："你沿着这条路一直往前走，等左手边出现一条小路，你就拐到小路上，沿着小路走一段，你就能看到一棵结满果子的树。有些果子会朝你喊‘摘我，摘我’，你千万不要答应它们，你要摘那些不出声的果子。”穷女人按照猴子的提示摘了一些果子回来。猴子对穷女人说：“你带着孩子回家吧。回家后，你再把果子切开，千万不要让别人看见。”

穷女人回到家后，关上房门，然后切开果子，看见里面全是金子和银子。富女人知道了，她问穷女人金子是怎么来的，决定自己亲自去拿。

第二天，她按照穷女人的方法，把孩子独自放在林子里，自己就离开了。猴子看到，又是孩子一个人待在那里，就觉得很奇怪，他想：“我昨天给了金银，她怎么又来了？难道是嫌钱少？我倒要看看她的目的是什么。”于是，猴子把孩子抱到了树上。富女人看见孩子不见了，就像穷女人那样开始唱歌。猴子看见富女人，就从树上跳下来，把小孩还给了富女人，问她：“你怎么又来了，我昨天不是给了你很多金子和银子吗？”富女人害怕猴子知道自己不是那个穷女人，就不给自己金子了，于是，她对猴子说：“是啊，昨天的钱还是太少了。”猴子只好又嘱咐了一遍，告诉她不要摘那些说话的果子。

富女人来到树前，听见果子们喊她：“摘我，摘我。”她想：“猴子肯定是害怕我拿到特别多的金子，才让我摘不说话的果子，我才不会和穷女人一样笨呢！”她带着那些会说话的果子回去，猴子看见富女人没有听他的话，也没有说什么，只是让富女人回去之后再切开果子。

果子切开后，里面既没有金子，也没有银子，而是跑出来了很多虫子和猛兽，把富女人吃掉了。

金子和银子本就是猴子赠予的，富女人不仅不知道满足，还不听猴子的叮嘱，最终自食恶果。

山羊杀死了豹

有一天，小豹自己跑出去玩耍，看到草原上有一群大象在吃草，年轻的小豹没有发觉危险，就跑到象群中间去了，结果不小心被踩死了。

很快就有同伴发现了小豹的尸体。他们跑去把消息告诉了老豹。

老豹听了，很伤心，也很气愤。他问那些前来报信的豹子们：“是谁杀死了我的孩子？我一定要报仇。”

报信的豹子们说：“是大象杀了小豹。”

老豹听到这个消息很诧异：“怎么会是大象害死了我儿子呢？”

豹子们很肯定：“对，就是象。”

老豹觉得自己肯定打不过象，他思考了一阵，非常气愤地说：“你们肯定弄错了，不是象，是山羊杀了我的孩子。我一定要报仇！”

然后，老豹就跑到山上。可怜的山羊们正在吃草，就这样糊里糊涂地被杀了。

在现实生活中，也有这样的人。他们不敢去反抗那些欺负自己的人，而是把怒气宣泄到弱者身上。

有钱的老人

从前，有一个老人非常有钱。他膝下有七个儿子，他们在富裕而和谐的家庭中成长，大儿子是所有兄弟中最有智慧的。

老父亲给七兄弟都购买了田产，交给他们各自管理。

这位老人家很慷慨大方，每天都杀一头牲口宴请邻居们。可是他的朋友劝他说："你也不能老是这样，还是把钱留给你的儿子们吧！"

老人家却说："不，我的儿子们必须向我学习，靠自己的能力和智慧生活。再说，我已经给他们每个人都买了一份田产。我还在这些田地里给他们埋下了金子呢！"

时间一年年过去，年长的人相继去世，老人家也走了。

为父亲举行葬礼后，七个儿子很想知道父亲的遗嘱。但是，按照习俗，必须要等老人去世四十天后，才能将遗嘱公开。

四十天过去后，人们宣读了老人家的遗嘱："亲爱的儿子们，我在为你们购买的田地里都埋了金子。此外，我还在一个装着羊皮纸的盒子中，为你们存放了最宝贵的东西。"

儿子们连忙把那个盒子打开，果然在里面发现了一张羊皮纸，纸上写着一些字：“孩子们，我留给你们的是一句话：脑袋要冷，腿要热。”

儿子们都一头雾水，不明白这是什么意思。

一个精通文字的人看了，分析说：“这句话的意思可能是这样：脑中的病是非常严重的，是会要人性命的；而腿上的病，会使人腿脚残疾。”

但是，人们并不相信这样的解释是正确的。

除了老大，老人家的其他儿子都非常失望，他们都以为盒子里装的是金银财宝。

他们说：“父亲不是还说了吗？他在田地里给我们埋下了金子。我们还愣着干什么，快去挖地吧！”

可是，他们把七块田地挖了个遍，却没有见到什么金子。白白辛苦了一场，他们更加沮丧了。

其实，聪明的老大完全明白羊皮纸上那句话的意思，那就是：脑袋要冷静，多多思考；腿要动起来，多多劳动。

他的六个弟弟觉得是时候离开这个地方了。他们商讨了很久，最终决定到城里去给那些有钱人打工。

一转眼就到了耕种的季节，老大在自己的田地里种植了大麦。他知道，地里是能长出庄稼来的。此外，他还把弟弟们荒废的田地也种上了粮食。他们找金子时已经把土翻松了，此时非常好播种。

在收获的季节，他获得了几仓库粮食。接着，他又在地里播种，还开垦了一些荒地，也种上了农作物。

老大想：父亲所说的“金子”其实是金灿灿的谷子。谁都知道，拥有粮食的人才是真正富裕的人；拥有金子的人晚上都睡不安稳。

后来，老大成了一个财主，很受人们敬重。他常常把自己的种子借给别人，美名远扬。

而他的六个弟弟，由于从小过着优越的生活，生性娇气，什么活儿也干不了。他们的着装、打扮都很光鲜亮丽，雇用他们的人一开始都会想：看这年轻人的样子，就知道他是有本事的人。可是，真用到他们的时候，他们却外强中干。结果那些雇主都失望地说："没想到他这么没用！"只能把他们打发走了。

兄弟六个在哪儿都无法立足，居无定所，不停地漂泊，生活越来越艰辛困苦。

最后他们实在走投无路，只好说："我们已经没有什么前途了，这样下去也不是办法。我们还是回家乡去吧，把我们的遭遇告诉大哥，看他能不能帮助我们什么。"

当他们回到大哥面前时，已经历尽了千辛万苦，身上连一件像样的衣服都没有了。

老大一时竟然没认出他们来，说："你们是从哪里来的，你们需要什么东西呢？"

得知这些人就是自己的弟弟们后，老大惊愕极了。他接待了弟弟们，让他们吃饱喝足，还送给他们衣服。最后，老大把他们带到田地里，告诉他们自己是如何种地致富的。

从此，兄弟七人一起愉快地生活、劳动。那六个弟弟越来越勤奋，在大哥的帮扶下，他们很快也成了当地的富户，获得了乡亲们的敬重。他们之前经受的磨难，已经彻底改变了他们懒惰和浮躁的习性。

兄弟七人团结一心，相亲相爱。直到今天，人们都没有忘记他们的父亲留下的宝贵遗嘱。

不忘过去的人

很久以前，有三个身体有残疾的人，他们是一母同胞的兄弟，老大汤可的腿有疾病，老二祖必患有麻风病，老三伊拉的眼睛看不见。他们因为身体的残疾，没有办法养活自己，而且他们的父母早逝，也没有什么可依靠的亲戚，所以只能靠着别人的接济，勉强活下去。

老天看到这三个可怜人，心生怜悯，决定帮助他们改善生活，便派遣了一位使者去帮助他们。

使者对老大说："我是天上的使者，我可以实现你的愿望，你有什么想要的吗？"

老大听到上天要实现自己的愿望，兴奋地对使者说：“我希望自己腿疾痊愈，当上大酋长！您能帮我实现吗？”

“没问题。”

使者实现了老大的愿望，又来询问老二。

老二说：“我的愿望是身体健康，然后变得很有钱。”

使者也如约实现了老二的愿望。

现在，就差老三的愿望了。老三对使者说：“我希望我的眼睛能够重见光明，这样我就能像正常人一样生活了。”

使者说：“除了能看见，你还有别的愿望吗，比如当大官或者是变得有钱？”

老三说：“不用了，只要我能看见，我就可以去工作。我认为自己的能力才是最重要的，我相信自己能够凭借努力得到自己想要的东西。”

使者十分感动，他真诚地对老三说：“上天一定会满足你的愿望。”

一年后，老天派使者去看一下这三兄弟的现状。

使者看望老大前，先把自己装扮成一个腿部有疾病的人。使者来到酋长汤可的大宫殿，看见汤可面朝里，躺在纹金雕花的大床上，一个仆人正跪在床边替汤可捶背，另一个仆人正拿着扇子为汤可扇风。

使者走过去跪在汤可的床前，说：“敬爱的酋长，我是您部落里的百姓，打算去远方谋生，今天已经太晚了，请您允许我在宫殿中借住一晚，明天再继续赶路。”

汤可一扭头，就看到一个穿着破衣烂衫的人跪在自己的大床前面，十分扫兴，生气地说："你太脏了，我是绝对不会允许你在我的宫殿留宿的。"

使者不死心，又继续向汤可请求道："酋长，过去您的腿也有疾病，肯定知道我的日子很不好过，希望您能可怜可怜我。"

汤可听到这个人提起以前的事，更生气了。他气冲冲地命令卫兵们："你们立刻把这个人拖出去！"

汤可话音刚落，就发现宫殿、卫兵和仆人们都不见了。他感觉自己的腿有些疼，低头一看，发现自己的腿又有病了。

和见老大时一样，使者在去见老二祖必前，装扮成了一个患麻风病的穷人。使者到祖必的豪宅时，祖必正在收拾行李，准备出门游玩。使者看着祖必华丽的服饰，对祖必说："老爷，我实在是太穷了，您能看在老天的份上，施舍给我一点儿旧衣裳吗？"

祖必看见使者，生气地喊道："你是怎么进来的？你是一个患麻风病的人，怎么能进我的家呢？"

使者装出一副可怜的样子，对祖必说："老爷，您以前也患过麻风病，怎么能说出这样的话！"

祖必听到这话，冷笑一声，说："你不要胡说八道。我们家世代都是有钱人，我怎么可能是麻风病人？"

使者说："您不要再欺骗我了，这些都是老天告诉我的。"

祖必正准备把这个人赶出去，就发现自己的豪宅和金银珠宝都不见了，而自己又患上了麻风病。

最后，使者装成盲人去敲伊拉家的门。

伊拉热情地邀请使者进门做客，还十分贴心地充当使者的拐杖，将使者带到餐桌前面，和使者共进晚餐。使者吃完饭后，准备向伊拉告辞，伊拉请使者稍等，然后收拾了一些衣服、干粮和钱，把这些东西交给使者，使者特别感动。

使者说：“您已经请我吃了一顿非常丰盛的晚餐，实在不好意思再接受您的馈赠。”

伊拉回答：“我以前也和您一样，看不见东西，是老天让我重见光明。虽然我没有能力医治好您的眼睛，但是我希望能为您提供力所能及的帮助。您就不要再和我客气了，这些就当作是给老天的谢礼吧！”

使者说：“其实，我是去年实现你们愿望的使者。我假扮成盲人，就是为了考验你。但是，你们兄弟三人中只有你记得过去的生活，并且心存善念，愿意去帮助那些同样经历苦难的人。我的朋友啊，你真是个好人，老天一定会保佑你的！”